Siegfried Binder

Die Geburt der Zukunft

Fiktion

Bibliografische Information der Deutschen Nationalbibliothek
Die Deutsche Nationalbibliothek verzeichnet diese Publikation in der Deutschen Nationalbiografie; detaillierte bibliografische Daten sind im Internet über http://dnb.d-nb.de abrufbar.

(C) 2019 Siegfried Binder
Herstellung und Verlag:
twentysix Verlagsgruppe Random House
Satz, Layout: Graphische Betriebe Staats, Lippstadt
Titel: Roelant Savery, 1576 - 1639, „Die Erschaffung der Eva"
ISBN: 978-3-7407-5468-6

Dein Orakel zu verkünden,
Warum warfest du mich hin
In die Stadt der ewig Blinden,
Mit dem aufgeschloß`nen Sinn?
Warum gabst du mir zu sehen,
Was ich doch nicht wenden kann?
Das Verhängte muss geschehen,
Das Gefürchtete muss nahn.

Friedrich Schiller

I

Lydia besuchte in Augsburg ein Gymnasium. Nach dem Abitur wollte sie die Fächer Deutsch und Mathematik für das höhere Lehramt studieren. Lydia war nicht nur Klassenbeste und sehr intelligent, sie war bildhübsch. Ihr ovales Gesicht wurde von welligen schwarzen Haaren umrahmt. Ihre großen Augen strahlten im tief dunklen Blau. Die feinen Gesichtszüge und der scheinbar immer lächelnde Mund mit den leicht aufgeworfenen roten Lippen wurde vervollkommnet von einer weichen und angenehmen Stimme. Sie trat stets bescheiden und zurückhaltend auf, offerierte sich nicht aufdringlich, zierte sich aber auch nicht. Sie hatte eine schlanke Figur, ihre Haut war glatt, leicht gebräunt und ohne Makel. Sie schminkte sich aus Prinzip nicht. Ihre Bewegungen zeigten eine natürliche Anmut. Obwohl stets sehr einfach, fast ärmlich gekleidet und in ihrer Gesamterscheinung keineswegs sexy, wetteiferten ihre Mitschüler um ihre Gunst. Man bot ihr Kinobesuche, Ausflüge, Happenings, Teilnahme an Feiern und Reisen an, alles Dinge, die sie sich finanziell nicht leisten konnte und mit denen sie sich nicht bestechen lassen wollte. Sie lehnte freundlich und bestimmt diese Ansinnen ab, ohne dabei zu kränken.

Wenn Unterrichtsstunden ausfielen oder in längeren Pausen schlenderte sie gern durch die Einkaufsstraßen von Augsburg, blieb lange Zeit vor Geschäften stehen und erfreute sich besonders an Schmuck und Kleidung. Sie konnte sich von deren Anblick nur schwer lösen und hielt geheim, dass sie davon träumte, eines Tages selbst Diamanten, Rubine, Smaragde, Perlen und Gold zu tragen. Sie hielt sich für ein Aschenbrödel und war sich ihrer Schönheit und Anziehungskraft nicht bewusst.

Der Mensch entwickelt sich, reift und altert. Man sagt, wer im zwanzigsten Jahr nicht schön, im dreißigsten Jahr nicht stark, im vierzigsten Jahr nicht klug, im fünfzigsten Jahr nicht wohlhabend, im sechzigsten Jahr nicht weise, im siebzigsten Jahr nicht friedfertig geworden ist, der hat sein Leben verfehlt und darf nicht hoffen. Der Unternehmer Dr. Secundus, er zählte 80 Jahre, war Aufsichtsratsvorsitzender von zwei weltbekannten Aktiengesellschaften und Doktor zweier Fakultäten der Universität München, hatte es zwar zu Reichtum gebracht, aber nicht zu weltanschaulicher Ausgewogenheit und innerer Harmonie. Er galt als Einsiedler und Exzentriker, manche beschrieben ihn als Rauschebart oder Waldschrat und schrieben ihm mystische Fähigkeiten zu. Es lag wohl daran, dass er zur Übersteigerung und Ausfabelung seiner Weltansichten neigte und darüber hinaus einen wallenden, wenn auch gepflegten grauen Vollbart trug. Dr. Secundus war sich seiner Verlorenheit bewusst. Er lebte in materiell gesicherten Verhältnissen und war doch mit sich und seiner Lebensleistung unzufrieden.

Tief im Inneren ahnte er, dass er seinen Wohlstand einer Fehleinstellung zu verdanken hatte, deren konkreter Inhalt ihm verborgen blieb.

Dr. Secundus wohnte allein in einer Villa am Starnberger See, der Haushälter Frieder und der Gärtner Franz hielten Haus und Garten in Ordnung. Er hatte sich mit seiner Vereinsamung abgefunden und mit der Tatsache, dass er nun, im Alter, für andere Menschen bedeutungslos war.

Die Hoch-Zeiten seines Lebens hatten sich geändert. Er spürte, dass eine körperliche Krankheit schleichend von ihm Besitz ergriff und sein Ende nahe war. Er suchte keinen Arzt auf und überließ den Dingen seinen Lauf. Die Gewissheit des Unvermeidlichen nahm er mit philosophischer Gelassenheit hin. Gleichwohl war er voller innerer Unruhe, deren Ursache er nicht kannte und vielleicht auch nicht wissen wollte. Er grübelte und dachte nach, dass in seinem Leben noch etwas fehle und es deshalb noch nicht vollendet sei. Aber was war es? In der Nacht fand er zu keinem Schlaf. Traumgebilde bedrängten ihn. Es waren nicht Projekte, nicht Entscheidungen, die keinen Aufschub duldeten.

Es waren Ereignisse aus seinem früheren Leben, die ihn bewegten. Sie waren deutlich und prägnant, belasteten ihn, beschäftigten ihn selbst am Tage, er konnte ihnen aber keine sinnhafte Bedeutung geben. Er begann, sich vor der Nacht zu fürchten. Vor den aufdringlichen Traumbildern, der drohenden Dunkelheit, den unkontrollierbaren Zuckungen seines müden Körpers. Dann stand er auf, durchwanderte die Zimmer seiner Villa, sprach seine Gedanken laut vor sich hin und gab sich selbst die Antwort auf seine Fragen. Wenn er auf die Veranda trat und den herzerfrischenden Vogelklängen lauschte, aus der Ferne den Gesang, das Lachen und die Wortfetzen von jungen, feiernden Leuten hörte, dann überfiel ihn eine unabweisbare Schwermut. Er beobachtete, wie der sachte Wind das Wasser des Sees leicht kräuselte, erfrischende Düfte mit sich trug und seinen vorbestimmten Weg nahm. Er wusste, dass seine Zeit vorüber war und befragte vergeblich schwankende Nebelgestalten, die auf dem Wasser schemenhaft wandelten, was ihm die Zukunft bringe. Sie kamen ihm in ihrer zurückhaltenden Art entgegen, winkten, lachten, erwarteten ihn mit leuchtenden Augen. Aber sie hatten ihm ebenso wenig zu sagen wie die Pastoren, deren Gottesdienste er besuchte, mit ihren leeren Versprechen und Verheißungen, und deren Kirchen deshalb so leer waren wie ihre hohlen Worte.

Lydia begegnete dem großen Herrn Dr. Secundus zum ersten Mal bei der Übergabe der neuerbauten Turnhalle ihrer Schule. Die Halle war von der Firma finanziert worden, die Dr. Secundus in seiner Funktion als Vorsitzender des Vorstands vertrat und zu deren Einweihung er die Festrede hielt. Lydia war ausgewählt worden, sich im Namen der Schüler für die großzügige Spende des Unternehmens zu bedanken. Bei dem anschließenden Buffet wies man ihr den Platz neben Dr. Secundus zu.
Er bemerkte, dass sie sich nicht von den angebotenen Speisen bediente und forderte sie auf, ihn zu begleiten.

„Haben Sie keinen Appetit? Kommen Sie,
wir wollen mal sehen, was uns verführen
soll.“
Sie folgte ihm schüchtern. An der Anrich-
te reichte er ihr einen Teller und bestückte
ihn überreichlich mit Wurst, Käse, Fisch.
Er geleitete sie zurück zu ihrem Sitzplatz
und kommentierte sein Verhalten mit
väterlichem Tonfall:
„Sie sind jung, da darf man noch kräftig
zulangen.“
Lydia fühlte sich nicht wohl in ihrer Haut,
aß umständlich, achtete verkrampft auf
ihre Tischmanieren und mied den Blick-
kontakt zu ihrem Kavalier. Ihre Kehle war
wie zugeschnürt und sie brachte kein Wort
heraus. Der alte Herr betrachtete sie wohlwollend, stellte für sich fest, dass sie hübsch
und für ihr Alter sehr schüchtern sei.
Er versuchte, mit ihr ins Gespräch zu
kommen.
„Entschuldigen Sie, wie ist Ihr Name?“
„Lydia Karger.“
„Und in welcher Klasse sind Sie?“
„In der zwölf.“

„Wissen Sie schon, was Sie nach dem Abi machen wollen?"

„Ich möchte Oberstufenlehrerin werden."

„In welchen Fächern?"

„Deutsch und Mathe."

„Oh, da müssen Sie eine sehr gute Schülerin sein."

„Ich weiß nicht. Es geht."

„Hat Ihre Berufswahl einen familiären Bezug?"

„Nein, meine Mutter ist Putzfrau."

„Oh, da haben Sie einen Karrieresprung vor. Viel Glück und Erfolg dabei.Und wo wohnen Sie?"

„In Augsburg."

„Sie sprechen sehr offen von Ihrer Herkunft, ohne Verlegenheit."

„Ich bin stolz auf meine Familie. Wir sind ehrbare Leute und arbeiten hart für unser Auskommen."

„Und Sie gehen den Schritt ins bürgerliche Lager. Auch dort wird hart gearbeitet. Man sagt, ohne Fleiß kein Preis."

Sie schlug ihre Augen nieder und wusste

nicht zu antworten.
Dr. Secundus beendete das Gespräch.
„Ich muss jetzt gehen. Es war für mich eine große Freude, Ihnen zu begegnen. Vielleicht sehen wir uns wieder.“

Lydia verließ kurz nach Dr. Secundus die Feier und bummelte durch die Fußgängerzone der Stadt. Sie blieb wie immer bevorzugt vor Juweliergeschäften stehen. Beim Juwelier „Der Goldschmied“ betrachtete sie intensiv den ausgestellten Schmuck in der Auslage. Ein in Weißgold gefasster Aquamarin faszinierte sie. Sie konnte ihren Blick nicht von diesem Ring lösen. Sie überhörte die Worte, die ein Passant hinter ihr laut sprach.
„Blau wie das Meer, nein, hellblau wie das Meer an einem schönen Sommertag.“
Als Lydia nicht reagierte, drängte sich der Passant an ihre Seite und sprach lauter als zuvor.
„Er hat bestimmt sechs bis acht Karat. In der Antike hat man Aquamarine ins Meer geworfen, um Poseidon, den Gott des Meer-

es, zu beschwören, damit er Erdbeben und Stürme verhindere. Andere Mythen berichten, dass er den Träger zwischen Wahrheit und Lüge unterscheiden lasse. Deshalb ist er auch der beliebteste Schmuckstein der Frauen. Sind es nur Legenden? Ich glaube nicht. Wir wissen, dass alle materiellen und organischen Strukturen eigene Energieschwingungen haben, woraus die sichtbaren und unsichtbaren Phänomene unserer Welt sich aufbauen. Über das Gesetz der Schwingungsresonanz ist es möglich, dass sie auf Körper, Geist und Seele des Menschen einwirken. Der Aquamarin, der Sie fasziniert, gehört zur Familie der Berylle. Seine lichtblaue Färbung gleicht einem Meer, in der sich ein wolkenloser Himmel spiegelt. Er sendet Schwingungen aus, die den Geist des Menschen unendlich weiten, die uns die Zwiesprache mit unserem höheren Selbst öffnen und die die Liebe und Wahrheit erschließen, die im Kern unseres Wesens verborgen liegt. Dieser Stein bringt Licht und Klarheit in die geheimsten Winkel der Seele, macht sie licht und rein und vermittelt die wundervolle Erfahrung der Allverbundenheit. Es ist der Stein der Seher, Mystiker und Heiler. Ich sehe in ihm vor allem den Stein der Besonnenheit und Weisheit, mit dessen Hilfe sich Materie in Geist verwandelt."

Lydia schrak auf. Neben ihr stand Dr. Secundus. Sie fühlte sich ertappt und schämte sich ein wenig. Sie hatte sich damit abgefunden, ein bescheidenes und solides Leben führen zu müssen. Sie hatte noch nie extravagante Kleider oder prunkhaften Schmuck besessen und wusste, sie würde ihn auch zukünftig nicht besitzen. Und doch zog sie dieser äußere Glanz magisch an. Wenn sie sich vor Schaufenstern aufhielt, die diese ihr fremde Welt offerierten, dann glitzerten ihre Augen. Sie fühlte sich von den schönen Dingen magisch angezogen und empfand es als schmerzlich, auf diesen Luxus verzichten zu müssen. Sie begrüßte verlegen den hohen Herrn, der aber ergriff ihren linken Arm, zog sie ohne Erklärung in das Geschäft und bat die Verkäuferin, den Aquamarin-Ring aus der Auslage sehen zu dürfen. Er begutachtete mit einer Lupe die Qualität des Steins, streifte den Ring über Lydias Finger und stellte fest:

„Er ist rein, hat einen exzellenten Treppenschliff und er passt."

Lydia war verdattert und reagierte nicht. Auch er hätte nicht sagen können, was in ihn gefahren war. Er schien unbeeindruckt zu sein von seinem ungewöhnliches Verhalten:

„Man kann diesen Stein nicht kaufen, man erwirbt dann nur einen leeren Glanz.

Die Seele des Steins kann man nur schenken oder geschenkt bekommen. Denn rein und hoffnungsfroh wie das Blau des Meeres ist auch die Seele dieses Edelsteins."

Er zahlte, ohne zuvor nach dem Preis zu fragen. Sie blieb irritiert abseits und war sich unschlüssig, ob er sie beschenken wollte oder nicht. Sie hatte ihren Stolz vergessen und alle bisher unterdrückte Sehnsucht schien in diesem Augenblick sich zu erfüllen. Sie errötete und war schöner als zuvor. Ihre Augen wurden wässrig und sie musste schlucken. Er gewahrte ihre unterdrückte Freude und den gerührten Ausdruck ihrer großen, tiefblauen Augen. Er begriff, dass er unbewusst ihr Herz getroffen hatte und das machte ihn glücklich. Lydia wehrte sich.

„Herr Dr. Secundus, ich kann den Ring nicht annehmen.“

„Keine Sorge, Frau Karger, es ist kein Geschenk, davon abgesehen, dass man durch Geschenke keine Rechte erwirbt. Ich bitte Sie, den Ring solange zu tragen, bis Sie glauben, dass wir einander nicht mehr vertrauen. Dann geben Sie ihn mir zurück. Es ist ein Freundschaftsring. Ich lade Sie zum Abendessen ein. Dann haben wir Zeit und ich kann Ihnen die Hintergründe meines ungewöhnlichen Verhaltens erklären. Und Sie können mir den Ring zurückgeben, falls Sie es für geboten halten.“

Sie zögerte.

„Und wie stellen wir fest, dass wir einander vertrauen?“

„Es ist der Tag, an dem unsere Welt untergeht.“

„Oh, Sie verschieben die Stunde der Wahrheit in die Ewigkeit. Wer entscheidet? Wir stehen uns selbst zu nah und dem Nächsten zu fern. Der Schiedsrichter fehlt - oder wollen Sie die Entscheidung dem Zufall überlassen?“

Er schmunzelte.

„Treffen wir uns?“

Sie nickte bejahend.

Die Verabredung mit einer Frau war die erste, die Dr. Secundus nach vielen Jahren wieder wagte und die erste, die Lydia mit einem Mann einging, weil sie keine Gefahren argwöhnte. Wie vereinbart trafen sie sich abends im Restaurant „Zum Franziskaner“ und fanden einen gemütlichen Platz in der Fuchs‘n Stub‘n. Lydia staunte über das Ambiente des Lokals. Der Raum war in gedämpftes Licht getaucht, man hörte die Stimmen der Gäste schwach im bunten Durcheinander, drei Musikanten spielten dezent alte Tanzmusik, die Tischdecken zierten mit altmodischen Blumenmustern die Tische, die

Stühle hatten Armlehnen und eine körpergerechte Sitzhöhe, den Gästen wurde
eine Speisenkarte gereicht. Ihr gefiel die
behagliche und geruhsame Stimmung dieses Ortes. Sie konnte ihre Verwunderung
nicht zurückhalten und schaute neugierig
im Raum herum. Als ein Kellner an ihren
Tisch trat und sich nach den Wünschen
der Gäste erkundigte, blieb sie sprachlos.
Sie hatte erwartet, dass man wie üblich an
einem Automaten Getränke und Speisen
eintippt und der Apparat das Gewünschte
auswirft. Sie lächelte verlegen und wusste
keine Antwort. Dr. Secundus bestellte für
sie und für sich ein Algenomelett mit gegrillten Mehlwürmern und einen badischen Wein. Lydia nahm das Geschehen um
sich unkonzentriert wahr. Ihre Gedanken
kreisten um die Frage, was dieser Mann,
der ihr Urgroßvater sein konnte, von ihr
wohl wolle. Dr. Secundus hatte nicht vor,
sie wie Helena mit Gewalt oder List zu entführen. Einer plötzlichen, inneren Eingebung folgend, hatte er die Zufallssituation
vor dem Juweliergeschäft genutzt, um aus

dem Käfig seiner Isolation auszubrechen. Er trug in sich eine utopische, ideale Traumgestalt von Weib ohne Fleisch und Blut in sich und ließ sich nicht von Sinnenlust bestimmen. Lydia entsprach von ihrer Erscheinung her seiner Fiktion. Bei dieser ersten Begegnung blieb Lydia gehemmt und verwirrt, sie fühlte sich peinlich berührt und hatte den Eindruck, dass Dr. Secundus ihre Unbeholfenheit mit Vergnügen beobachtete. Sein Auftreten war jedoch unaufdringlich und taktvoll. Er ahnte unbewusst, dass sie der Mensch war, der mit seiner natürlichen Ursprünglichkeit ihm helfen könnte, Barrieren seines Lebens zu überwinden. Obwohl ihr überlegen, fühlte er sich wie ein ausgesetztes Kätzchen hilflos und klein, hoffte unbewusst, von ihr umsorgt zu werden und bei ihr die großen Gefühle der Bemutterung zu wecken, die in jedem Weibe schlummern. Als beide am Tisch saßen, Getränke und Speisen bestellt hatten, öffnete er sich, heiter und humorvoll, während sie vor allem an den Ring dachte und dabei eine angenehme körperliche Erregung empfand.

„Lydia, ich bin sehr alt und Sie sind sehr jung. Es ist nicht einfach, in einer Gesellschaft zu altern, die sich mit Jugend schminkt. Junge Menschen sind sehr oft überheblich, weil sie noch nichts sind, aber viel bedeuten wollen. Schauen Sie nicht auf mich herab. Ich bin krank und Sie sind voller Jugendfrische. Sie leben für die reale Zukunft, ich in der Hoffnung, im späten Alter meinen Lebenssinn zu finden. Sie streben nach Wohlstand, ich nach dem Seelenheil. Gesprochen und geschrieben wird am meisten über die Probleme der Jugend und des mittleren Alters. Und das zu Recht, denn die Übel des Alters schrecken ab - die physische Schwäche, die klingenden Ohren, die tropfende Nase, die zitternde Hände, die gebogenen Beine, der kurze Atem. Nicht zu vergessen die Veränderungen der Psyche im Alter. Die Vergesslichkeit, Missmutigkeit, Trägheit, Verlangsamung, der Egoismus und der Starrsinn. Und von diesen

Mängeln, das werden Sie noch feststellen, habe ich eine Menge. Alter kann auch seine Vorteile haben. Es muss nicht Stillstand oder Niedergang sein. Man wird nicht mehr von der Hast des Tages gehetzt, genießt die Beschaulichkeit, die erforderlich ist, um das Wesentliche der Dinge zu erkennen. Es ist die Zeit der Weinlese und die Zeit, um die gereiften Früchte eines ganzen Lebens zu ernten. Als Alternder schielt man um die Ecke, nur so. Man weiß ja nie. Und wer sitzt dort auf der Mauer des sprudelnden Brunnens, lässig und gelangweilt? Der Tod. Er hat Zeit und wartet. Wir wenden den Blick ab, laufen davon und behaupten, wir hätten ihn nicht gesichtet. Und belügen uns damit selbst. Manche meinen, der Sensenmann hält sich an keine Verabredung. Er komme zu früh, Erbschleicher sagen, er komme zu spät und viele behaupten, er komme immer zur unrechten Zeit. Denn es gäbe noch Unaufschiebbares zu erledigen. Wie lächerlich und aufgebauscht ist das. Das Unaufschiebbare sind im Grunde

alltägliche Familienprobleme, die sich
selbst regeln und natürlich häufen, je älter
man wird. Das war schon immer so. Der
greise Abraham geht fremd und verstößt
seinen nichtehelichen Sohn Ismael und
das auf Geheiß seiner streitbaren Frau.
Der Enkel von Abraham, Kain, erschlägt
seinen Bruder Abel, ein anderer Urenkel,
Jakob, betrügt seinen Bruder Esau um
das Erbe. Die Strafe folgt auf dem Fuße.
Jakob muss erleben, wie sein liebster
und jüngster Sohn Joseph angeblich von
einem Löwen gerissen, in Wirklichkeit
aber von seinen missgünstigen Brüdern
in die Sklaverei verkauft wird. Und so
geht es weiter mit den Streitigkeiten bis in
unsere Zeit. Nur ich durfte solche Familienprobleme nie erfahren, so, als stände
ich außerhalb der Gesellschaft. Und wenn
mir das bewusst wird, meine ich, dass ich
im Grunde nie gelebt habe. Zwiespalt und
Ärger in der Familie, Freude und Froh-
sinn sind eigentlich das zentrale Thema
des Lebens. Man liebt sich, aber wer liebt,
kann auch hassen. Ich stelle mir gele-

gentlich vor, dass sich mir mit dem Tode ein bis dahin verschlossenes Daseinsgeheimnis erschließt, dass nicht der Vergänglichkeit unterliegt und der Tod meine Selbstbewusstheit nicht einfach ausradiert, sondern mich den Hauptinhalt meiner irdischen Existenz erkennen lässt.

Dass ich in ein Licht eintauche, welches das Dunkel und selbst die Freude des schönsten weltlichen Augenblicks unfassbar überstrahlt. Und doch habe ich Angst vor diesem Augenblick der Erkenntnis und tauschte es gern mit dem Trubel eines banalen Familienlebens mit all seinen Problemen und Zukunft weisender Intentionalität, was mir hier auf Erden versagt geblieben ist."

Dr. Secundus hielt inne und widmete sich seinem Essen. Lydia tat es ihm gleich. Dann bemerkte sie schüchtern und fragte: „Sie sprechen so vergnügt und froh gestimmt und zugleich auch doppeldeutig. Was Sie sagen, macht mich schwermütig und traurig. Darf ich wissen, woran Sie erkrankt sind?"

„Erkrankt? Nein, erkrankt bin ich nicht. Vielleicht vereinsamt. Das war ich eigentlich schon immer. Im Alter kommt hinzu, dass Freunde und Bekannte sterben, der Bewegungsraum altersbedingt eingeengt wird und man eines Tages merkt, dass man allein und überflüssig geworden ist. Aber auch das ist nicht mein Problem."
Lydia gab nicht nach.
„Und was ist Ihr Problem?"
„Zum Anfang unserer Bekanntschaft muss ich gestehen, dass ich Wirkliches und Eingebildetes oft nicht zu unterscheiden vermag. Ich gerate zuweilen in einen Zustand, in dem ich mich von der Flut meiner Träume forttragen lasse. Ich lehne mich dagegen auf und nehme dennoch jede Gelegenheit wahr, mich meinen Fiktionen hingeben zu können. Ich schaue in den Himmel und sehe eine prunkvolle Stadt mit Kirchen, Burgen, Häusern, Straßen und wandelnden Menschen. Sie gestikulieren heftig, umarmen sich und erzählen sich die Ereignisse des Tages und ich höre zu. Die Geschichten der Menschen setzen sich

ins Unendliche fort und haben kein Ende. Ich benötige viel Kraft, mich von ihren Erzählungen abzuwenden. In meinen Tagträumen offenbart sich zuweilen die Zukunft, lautlos wie ein Gespenst und ebenso flüchtig wie beängstigend. Ja, ich werde zerrieben zwischen dem Absolutismus der Wirklichkeit und dem Absolutismus meiner Vorstellungen. Ich bin Materialist und kommuniziere mit dem Übernatürlichen, halte die Existenz der Religion für unvermeidbar und die atheistische Aufklärung für progressiv. Ich leugne die Unsterblichkeit der Seele und bin fasziniert von neurobiologischen Experimenten, die die Ablösung des Bewusstseins vom physischen Körper belegen und die Existenz biologisch fundierter rudimentärer Universalien des menschlichen Geistes beweisen. Das ist meine Krankheit, diese innere Zerrissenheit, ohne im psychiatrischen Sinne psychisch auffällig zu sein – so hoffe ich.“
Lydia fühlte, dass sie auf die Ausführungen ihres Gesprächspartners, die sie nur teilweise verstand, etwas sagen sollte. Aber

sie wusste nicht was. Und so hakte sie mehr aus Verlegenheit denn Wissensdurst nach:

„Was hat Sie so gespalten und zwiespältig gemacht?"

„Natürlich habe ich eine Erklärung dafür, ohne damit Frieden zu gewinnen. Ich muss etwas ausholen. Vor vielen Jahren, ich war zweiundzwanzig Jahre alt, sah ich meine spätere Frau zum ersten Male. Sie war etwa so alt wie Sie, also jung. In ihrer Erscheinung schlank und rank, in ihrem Wesen unbekümmert und zuversichtlich, umgänglich und selbstbewusst, lebensfroh und lebensbejahend. Ich war mit ihr sehr glücklich und dieses Gefühl lebt noch heute in mir weiter. Wir heirateten, die Hochzeitsreise führte uns nach Venedig. Das war ihr Wunsch. Wir erreichten am frühen Nachmittag die Vorstadt von Venedig. Ich fuhr mit meinem Auto auf einen Parkplatz, der vielleicht zwei oder drei Fußminuten von unserem Hotel entfernt war. Wir stiegen aus und registrierten, dass ein Gewitter im Anzug war. Es regnete noch nicht. Wir beeilten uns, um nicht nass zu werden. Kurz vor dem Hotel schlug unvorhersehbar der einzige Blitz aus dem dunklen Gewölk in eine Buche ein. Der Baum stürzte, begrub meine Frau unter sich und erschlug sie. Für mich folgten düstere Abende, schlaflose Nächte der Einsamkeit und Erinnerungsbilder, die wie tote Gemälde ohne Sprache, ohne Lachen, ohne Gemeinsamkeit mich umgaben. Es ist eine Wunde, die niemals heilt und immer blutet. Aber man gewöhnt sich daran. Als ich Ihnen begegnete, Lydia, erkannte ich, was mir damals verloren gegangen ist und was mir heute noch fehlt. Die Freude am Leben. Ich stürzte mich nach diesen Schicksalsschlag in Arbeit, um zu vergessen. Ich war sehr erfolgreich und doch war mein Leben rückblickend inhaltslos, ein Surrogat des Krieges gegen mich selbst. Nicht Sinn orientiert, sondern erfolgsorientiert. Ich habe mich an Irrtümer geklammert, an Irrlehren, an wissenschaftlichen Erkenntnissen und tat, als ob es tatsächlich die Wahrheit gäbe. Und das hat furchtbare Folgen nach sich gezogen, sie waren schlimmer als die Verbrennungen im Mittelalter. Ich handelte falsch und verwerflich, möchte mein Tun heute ungeschehen machen und kann es nicht. Ich will vergessen. Vielleicht berichte ich Ihnen später darüber. Doch nun zu Ihnen. Sie sind jung und haben noch Träume. Darf ich davon etwas erfahren?"

„Sie offenbaren sich. Soll ich es auch tun?"

„Wir sind uns fremd und unbekannt, deshalb habe ich keine Hemmung, von mir zu erzählen. Bei Vertrauten liegt die Sache anders. Da schämt man sich, sich in Gänze zu offenbaren oder fürchtet, Schutzmauern einzureißen. Vergessen Sie nicht, ich war auch einmal jung und hatte Träume. Nur Mut, wovon träumen Sie?"

„Träume? Ich habe keine Träume. Ich bin kein Aschenputtel. Meine Mutter lebt, ich habe keine Stiefschwestern und eine Fee ist mir noch nie begegnet. Sie hat nie mit ihrem Zauberstab einen Kürbis in eine goldene Karosse und sieben kleine Mäuschen nie

in edle Schimmel verwandelt. Ich bin auch nie auf ein prächtiges Schloss zu einem Ball geladen worden. Einen jungen Prinzen, der von meiner Schönheit hingerissen worden wäre und mich nach vielen Intrigen geheiratet hätte, den hat es niemals gegeben und wird es auch zukünftig nicht geben."
Sie schaute ihn belustigt an.
„Und Sie sind ja auch nicht mehr der Jüngste."
Er erwiderte amüsiert:
„Schmeicheln ist nicht Ihre Sache. Ich habe den Eindruck, dass Sie sich unsichtbar machen wollen. Märchen haben zwar etwas Unwirkliches an sich, aber sie sind auf gedanklicher Ebene Spiegelbild der Wirklichkeit. Als Sie vor dem Schaufenster standen, habe ich Sie beobachtet. Und ich habe Ihre geheimen Wünsche und Sehnsüchte von Ihrem Gesicht gelesen. Wie aus einem Märchenbuch. Das arme Mädchen will reich, die verstoßene Stieftochter will Prinzessin sein, die schwache Maid erweist sich als stark und tapfer. Auch unsere

Ängste werden in den Märchen ange-
sprochen. Die Helden werden verschlung-
en oder verzaubert. Und immer bedarf es
besonderer Tugenden wie Mut oder Klug-
heit, um das Schicksal zu wenden. Und
was ist mit Ihnen?"
Lydia überlegte, ob sie dem Fremden gegenüber sich öffnen sollte. Aber was hinderte
sie? Eigentlich nichts.
„Ich weiß, dass Traum und Wirklichkeit
Gegensätze sind. Und weiß, dass unsere Erwartungen sich in Träumen manifestieren.
Unbewusste Wünsche sind der Motor, die
uns antreiben und das Zukünftige mit
bestimmen.
Als kleines Mädchen wünschte ich mir ein-
en Puppenwagen, wie ihn meine Freundin
hatte. Bunt gemalt in blau und gelb, mit
Gummirädern und einen beweglichen
Sonnenschutz. Das war schon damals out.
Meine Mutter konnte ihn auch nicht kaufen, sie hatte nicht das Geld dafür. Später
bat ich meine Mutter, mir einen Hund zu
schenken. Ich wollte einen Spielkamera-
den, ein lebendes Wesen, mit dem ich

zu Hause kuscheln und mich vergnügen konnte. Ich gelobte, für ihn zu sorgen und ihn täglich auszuführen. Auch dieser Wunsch wurde mir versagt. Ich fand mich damit ab und verlegte mich auf Abenteuerspiele und Wettkämpfe, war mehr Junge als Mädchen und träumte mich als Kämpfer, der Feinde besiegt und Unrecht rächt. Dann erinnere ich mich an eine Periode, in der ich mich in meinen Tagträumen kleidete wie eine Diva. Ich vergoldete mich, schminkte mich heimlich, ließ mich auffallend frisieren, wurde eitel und war stolz darauf, von Jungen umworben zu werden. Ich malte mir sogar in meiner Fantasie meinen Bräutigam und meine Hochzeit aus, schämte mich aber gleichwohl und wusste nicht warum. Ich wurde unberechenbar und zickig. War gehemmt oder frech, niedergeschlagen oder euphorisch, verkroch mich oder war überströmend gesellig. Irgendwann wurde mir der Ernst des Lebens nahe gebracht. Ich sah, wie schwer es meiner Mutter fiel, einen kleinbürgerlichen Lebensstandard und soziale Reputation zu halten. Wir waren arm und wir verheimlichten unsere Armut vor den Leuten. Das ist sehr anstrengend. Ich verabschiedete mich von meinen Rosinen im Kopf, wurde nüchtern, stellte mich der Wirklichkeit und entwarf mir einen angemessenen Lebensplan, den ich gegenwärtig anstrebe. Alles, was mich daran hindert, davon halte ich mich fern. Ich habe einige Jugendfreunde, aber meide erotische Beziehungen. Ich strebe das Grau des Durchschnittsbürgers mit gutem Einkommen an und will nur Erreichbares erreichen, soziale Unauffälligkeit bei menschlicher Größe. Das Ideal meiner frühen Jugend hat Bestand. Ich möchte nicht im Leerlauf leben, ich möchte jungen Menschen Wissen vermitteln und ihnen Vorbild sein."

Dr. Secundus war beeindruckt. Er erkundigte sich:

„Sie haben kein Wort über Ihren Vater verloren. Naturgemäß interessiere ich mich als Mann dafür, welche Rolle er aus der Sicht seiner Tochter in der Familie inne-

hatte."
„Ich kenne meinen Vater nicht. Meine Mutter hat nie über ihn gesprochen. Ich fand das auch nicht ungewöhnlich.
Die Eltern meiner Freunde lebten in wechselnden Partnerschaften und viele von ihnen wussten nicht, wer ihr biologischer Erzeuger ist. Ich kann aber von meinem Vater einiges berichten. Ich mochte 14 Jahre alt sein, da fiel mir eine Akte in die Hände, als ich in den Sachen meiner Mutter herum stöberte. Ein Gerichtsurteil zog meine Aufmerksamkeit auf sich. Darin wurde ausführlich wiedergegeben, dass meine Mutter einen sehr lockeren Lebenswandel und viele flüchtige Männerbekanntschaften hatte. Sie besuchte fast jeden Sonntag die Kirche und ging danach regelmäßig im Park spazieren. An einem solchen Tag trat unverhofft ein Mann von hinten an sie heran, hielt ihr ein Messer vor die Kehle und forderte sie auf, mit ihm in die Büsche zu gehen. Sie musste ihre Kleider ablegen, er verklebte ihren Mund und fesselte sie. Er be-

drohte sie umzubringen, ritzte mit dem Messer ihre Schamlippen, drückte glühende Zigaretten auf ihrem Körper aus, schnitt ihr symbolisch die Kehle durch und vergewaltigte sie. Sie stöhnte vor Schmerzen. Spaziergänger, die nichts sehen konnten, glaubten an ein einvernehmliches Liebesspiel in der Öffentlichkeit, regten sich darüber auf und entfernten sich eilig vom scheinbaren Unzuchtsort. Meine Mutter wurde schwanger. Zunächst war unklar, wer meine Mutter geschwängert hat.
Jahre nach meiner Geburt wurde der Täter gestellt, es ist ein sadistischer Wiederholungstäter und ich bin seine Tochter. Mehr weiß ich nicht von meinem Vater. Soll ich das Schicksal anklagen, soll ich mein Leben beweinen, mich vergraben? Nein, niemals."
Dr. Secundus hatte den Kopf gesenkt. Es lief ihm kalt den Rücken hinunter. Dann fragte er leise:
„Ist das das unsichtbare Band, das uns verbindet? Wie haben Sie Ihr Wissen verkraftet?"

„Ich war noch jung und habe mit niemanden darüber gesprochen. Auch nicht mit meiner Mutter. Sie hat ebenfalls geschwiegen. Sie sind der erste, dem ich mein Geheimnis anvertraue. Mit wem sollte ich auch darüber sprechen? Meine Klassenkameraden interessierten sich für Schlagersänger, Rapper, Sportler. Sie hängen in jeder freien Minute am Handy, lassen sich nachts von Musik beschallen, amüsieren sich in Diskos und sind für Probleme nicht empfänglich. Ich nehme die Dinge ernster, als sie es verdienen, sie nehmen die Dinge leichter, als sie es sind. Die Erwachsenen haben nur ein Ohr für ihre körperlichen Beschwerden. Sie unterhalten sich über das Essen, über den Urlaub, über Leute, die nicht anwesend sind, über Konzerte und Ausstellungen und alles ist schön, so schööön. Es wird nie ersichtlich, was sie innerlich bewegt. Sie haben andere nie verstanden, sie loben oder tadeln nur, Maßstab ist ihnen ihre angeblich heile Welt. Für mich ist es fad und flach und ihr Gerede nur Geschwätz. Sollte ich da die Geschichte meiner Mutter auf dem Markt feil bieten? Nein, nein. Ich hatte eine Phase der Schwermut und dann begann ich ein Tagebuch zu schreiben."

„Wie sind Sie auf das Schreiben gekommen?"

„Zuerst musste ich das Schreiben mit der Hand erlernen. Wir haben ja vom ersten Schultag an nur mit Computern gearbeitet. Es sind Alltäglichkeiten, die ich festhalte..."

„Ja, aber warum gerade schreiben?"

„Ich hatte keinen vertrauten Gesprächspartner und habe beim Friseur in einer Zeitschrift gelesen, dass es eine therapeutische Technik ist. Ich wollte meine Gedanken festhalten und überprüfen. Gedanken sind nicht begrenzt, sie sind diffus und grenzenlos und werden von Gefühlen getragen. Es ist schwer, Gedanken in Worte zu fassen. Sie sind flüchtig und vieldeutig. Aber ich musste schreiben, es war wie ein Zwang. Ich schreibe noch heute. Und es hilft, Angst, Unsicherheit und Konflikte zu bewältigen, aber auch, wo wir

Schutz und Sicherheit finden. Mir wurde bewusst, wie ich Gegebenheiten verarbeite, welche Themen mich beschäftigen, welche Konflikte im täglichen Umgang mit Menschen ich selbst konstelliere. Selbsterkenntnis kann nicht gelehrt werden, wir finden sie nur in uns und durch uns selbst. Meine Niederschriften habe ich öfter durchgelesen. Und war erstaunt. Das war ich, so habe ich gedacht, so habe ich erlebt? So habe ich die Irrationalität, das Ausgeliefertsein und meine Hoffnungsbilder einmal begriffen? Ich begegnete mir selbst und war mir dabei ein Fremder und doch ein Vertrauter. Mir ist dann klar geworden, dass ich eine Reise angetreten und ein Stück des Wegs bereits zurück gelegt hatte, aber wohin? Ich bin noch immer auf diesem Trip, aber was ist mein Ziel? Ich bin der Überzeugung, dass ich den Gefährdungen des Lebens bisher widerstanden habe, weil ich an jedem Ort meiner Reise wähnte, hier meine geistige Heimat gefunden zu haben.“
Dr. Secundus gab zu bedenken:

„Waren Sie nicht enttäuscht von Ihrer Mutter, haben Sie den sadistischen Täter, ihren Vater, nicht gehasst?"
„Nein, das Leben hat mich bisher nicht enttäuscht. Von Jahr zu Jahr wurde ich überzeugter, dass das Leben nicht Verhängnis und Betrügerei ist, sondern Kampf und Bewährung fordert. Und mit dieser Einstellung ist es möglich, fröhlich zu leben und beherzt zu lachen."
Dr. Secundus schoss durch den Kopf:
„Welch Edelstein ist doch die Jugend.
Sie zerreißt den verhüllenden Schleier und sieht nur die unsägliche Schönheit des Lebens. Und wir Alten behaupten unverdrossen, dass die gute alte Zeit dahin sei und die Zukunft finster. Die Jugend habe keine Tugenden mehr. Wie lebensfremd spricht doch diese Sprache. Verklungen ist bei den Greisen das Zierliche und Tänzelnde, die Verliebtheit und das Schwärmerische. Nur selten hört man von ihnen ein gutes Wort und wenn, so kommt es zögernd und kalt wie ein Tropfen vom Gestein einer feuchten Höhle mit dünner

Luft, in der man zu ersticken glaubt."
An Lydia gewandt:
„Ich bewundere Sie. Ich bewundere Ihren Lebensmut. Jetzt möchte ich Ihnen eine Bitte vortragen, will aber kein Bettler sein. Ist es zu viel verlangt, wenn ich Sie bitte, sich mit mir aller vierzehn Tage zu treffen? Ich möchte teilhaben an ihrer Lebenslust, möchte ihre Hoffnungsbilder kennenlernen, die sich nicht dem Daseinsschicksal unterordnen. Sie glauben an sich und sind redlich zu sich. Ich meine erkannt zu haben, dass auch Sie ein tief verwundeter Mensch sind und doch haben Sie die Kraft, die Anmaßung des Schicksals zurückzuweisen. Sie schöpfen das Wasser aus Ihrem eigenem Brunnen – all das bewundere ich. Mein Leben würde bereichert, wenn Sie das Erbetene mir gewähren könnten und dies in der Hoffnung, dass auch ich Ihnen mit meiner Lebenserfahrung nützlich sein kann. Meine Vorstellung ist, dass wir zusammen speisen, ein Museum oder das Theater besuchen, Gespräche führen und Ge-

danken austauschen, kleine Ausflüge unternehmen. Nicht meine Todesnähe soll uns dabei belasten, es sollen erfüllte Augenblicke sein für Sie und für mich. Was meinen Sie, können Sie mir diesen Wunsch erfüllen?"
Lydia überlegte.
„ Was will dieser alte Mann eigentlich von mir. Soll ich mich auf eine Reise einlassen, dessen Ende ungewiss ist? Versäume ich eine Gelegenheit? Wird er mich am Ende erpressen, mich ausnutzen? Falle ich auf seine Masche mit dem Ring herein?"
Sie schob alle Bedenken beiseite, entschied sich für den Reiz des ungewissen Abenteuers und schielte insgeheim auf den wertvollen Aquamarin-Ring, den sie am Finger trug. Sie hatte sich schon an ihn gewöhnt. Ihre Antwort kam zögerlich.
„Was soll ich für Sie sein?"
„Ein Stückchen Glück. Ein wenig von Lebensmut und Lebensfreude. Sie sollen sich selbst der Nächste bleiben. Ich will kein rauschhaftes Miteinander, in dem der Mensch außer sich ist. Ich möchte, dass

wir das Hier und Jetzt ab und an einträchtig genießen. Als Freunde, in der die gegenseitige Verletzung nicht vorkommt und ein Geschenk nicht bezahlt wird."
Lydia studierte aufmerksam und unverhohlen das Gesicht ihres Gegenüber.
Seine Augen sahen müde aus. Sie dachte, das Gute darf man nicht nur wollen, man muss es auch tun. Er ist des Lebens überdrüssig, will die alten Tage nicht auf dem schmalen Grund von Begehrlichkeit gründen. Er sucht die Nähe eines Menschen, er ist eine verlorene Seele und irrt wie ein ausgesetztes Kind im dunklen Wald umher. Das fühlt er selbst. Bei tiefen Brunnen dauert es lange, bis der Stein seinen Grund erreicht. Sie hörte sich sagen:
„Ich will mich bemühen, Ihnen für Stunden Ihren inneren Zwist zu verscheuchen. Meine Fähigkeiten erscheinen mir allerdings sehr gering, um zu erfüllen, was Sie sich erhoffen. Ich bin unbedeutend, unerfahren und unbedarft und habe mir über das Leben und seinen Sinn noch nie Ge-

danken gemacht. Ich lebe im Werden und nicht im Vergangenen. Ich lebe in den Tag wie in die Nacht hinein, bedenke, was kommen mag und versuche, Gefahren vorzubeugen. Die Kürze des Lebens ist mir nicht gegenwärtig. Selbst im Dunkel der Nacht spüre ich den kommenden Tag und das andere Ufer. Ich sitze auf einem schnaubenden Pferd, bereit, das Geheimnis des Lebens zu entziffern. Eine Philosophie habe ich noch nicht. Die Luft weckt in mir Frühlingsgefühle und schäumt in mir Wünsche auf, die ich nicht benennen kann. Umso mehr bedrückt mich, dass Sie den Schicksalsschlag, den Verlust Ihrer Frau, selbst nach Jahrzehnten nicht überwunden haben. Es widerspricht meinem Verständnis von Leben."

Er schüttelte den Kopf.

„Ja und nein. Ich bin kein Pessimist, kein Schwarzmaler und kein Nihilist. Es ist mehr. Ein Fluch liegt auf meinem Leben. Und dieser Fluch heißt Fortschritt."

„Wie das? Der Fortschritt hat uns vom Joch der Arbeit weitgehend befreit, Freiheit und Lebensglück, soziale Sicherheit und soziale Gerechtigkeit beschert. Und das nennen Sie Fluch?"

„Sehen Sie, Lydia, mein Geburtsdatum ist auf den 1. Mai 2010 datiert. Heute schreiben wir das Jahr 2090. Meine ersten Lebensjahre verbrachte ich in Kindertagesstätten und Kindergärten, so hat man mir erzählt. Ich selbst habe an diese Zeit keinerlei Erinnerung. Mit fünf Jahren wurde ich von einer Familie adoptiert, sie hieß Krause. Ich lernte dort einen Mann Vater und eine Frau Mutter anzusprechen. Ich wurde in dieser Familie nicht schlecht behandelt. Man vermittelte mir die tradierten sozialen Werte, erfüllte meine Wünsche, ging freundlich mit mir um, schlug mich nicht und besprach mit mir die Probleme, wenn ich welche hatte. Es war eine moderne Familie, eine fortschrittliche Familie. Man ging nicht in die Kirche, kannte keine Taufe, hatte keine festen Familienfeste, keine Familiengeschichte, nur einen wechselnden Freundeskreis. Die Bibel galt als der Zeit entronnene Schrift, es gab kein Buch, das miteinander verbunden hätte. Es war halt eine Patchworkfamilie, zufällig zusammen gewürfelt und ohne gemeinsame Überzeugung. Der Vater hatte aus seiner ersten Ehe zwei Kinder und aus einer früheren Beziehung ein nichteheliches Kind. Die Mutter war zweimal verheiratet, brachte aus jeder Ehe ein Kind in ihre dritte Ehe und bekam in der neuen Verbindung ein weiteres Kind. Es dauerte Monate, bis ich durchschaute, wer von meinen Geschwistern welchen Vater und welche Mutter hatte, denn alle nicht anwesenden Eltern bestanden auf ihr gerichtlich angeordnetes Umgangsrecht. Es ging in dieser Familie wie in einem Taubenschlag zu, die Kinder flogen tagelang oder wochenweise ein oder aus. Ich begreife bis zum heutigen Tage nicht, warum das Ehepaar Krause mich adoptiert hatte. Wir sieben Kinder verstanden uns, duldeten uns, akzeptierten diese Struktur. Aber das Hin und Her schloss aus, dass wir gefühlsmäßig eine Einheit wurden. Später hörte ich meine

Adoptivmutter oft nachdrücklich behaupten, dass die soziale Verwandtschaft genau wie die Blutsverwandtschaft Treue und Vertrauen zueinander generiere.
Was genealogisch konstruiert werde, könne auch sozial etabliert werden. Es war wohl eine Notlüge, um eigene Zügellosigkeit und Ungebundenheit zu übertünchen.
Denn weder Adoptivvater noch Adoptivmutter haben in ihrem Leben Treue und Vertrauen verwirklicht. Sie liebten zwar, doch nur so, wie es ihnen ihre Hormone diktierten. Diese allgemein akzeptierte Einstellung hat eine schreckliche, inhumane gesellschaftliche Fehlentwicklung gebahnt. Sie machte den Weg frei zur progressiven Reproduktionsmedizin. Wir brauchen heute keinen leiblichen Vater und keine leibliche Mutter. Beide sind für das Neugeborene anonym, jeder kann ein Kind adoptieren. Das verbindende Dreieck Vater–Mutter–Kind wurde in unserer Gesellschaft zugunsten der Abstraktionen Gerechtigkeit, Persönlichkeit und Gleichheit aufgehoben, denn der Staat erzieht.

Im Zusammenwirken von Samenbanken, Samenspender, Eispenderin und Leihmutter ist es möglich, die Herkunft des Kindes und seine Identität zu verwischen. Die Anonymität der Herkunft bedingt, dass der Sohn unter Umständen seinen Vater erschlägt, dass der Sohn mit seiner Mutter schläft, die Tochter mit dem Vater oder die Schwester mit dem Bruder, weil keiner seine Abstammung kennt. Es ist das Ödipusdrama unserer Zeit und wir haben keine Dichter, die es besingen.

Lydia, ich schweife ab, ich merke es selbst. In der Schule war ich ein sehr guter Schüler, man nannte mich das Mathe-Genie. Ich war sportlich. Zu Hause vertrug ich mich mit meinen Geschwistern und bereitete den Adoptiveltern keine besonderen Schwierigkeiten. Natürlich habe ich mal der Mutter Heuschrecken in den leeren Kochtopf getan, war unpünktlich oder hielt mein Schlafzimmer nicht in Ordnung.

Emotionale Zuwendung bekam ich nicht."

Lydia unterbrach seinen Redefluss und fragte sehr prononciert:

„Sie fühlten sich nicht wirklich geliebt?“
„Nein, ach die Liebe, ich habe sie erfahren, vielleicht nicht im rechten Alter und nicht mit der rechten Partnerin. Wir wurden vom zehnten Lebensjahr an in Sexualkunde unterrichtet, um den Anfeindungen des Lebens gewappnet zu sein. Die Pädagogen öffneten damit aber nur die Büchse der Pandora. Denn natürlich wollten wir erleben, was man uns theoretisch nahe gebracht hatte. Meine Adoptivfamilie bewohnte ein großes Haus mit vielen Zimmern. Die Zimmer waren über einen langen Gang zu erreichen, die im oberen Türdrittel durchsichtige Glasscheiben hatten, damit das Tageslicht den Gang etwas erhellt. Zwei ältere Adoptivbrüder kamen auf die Idee, zu später Stunde einen Stuhl vor das Elternschlafzimmer zu stellen, um Vater und Mutter zu belauschen und zu sehen, was Erwachsene so im Bett treiben. Ich war noch zu klein, um durch das Lichtfenster spähen zu können. Ich wurde als Aufpasser gebraucht. Meine Brüder aber beobachteten die El-

tern beim Geschlechtsverkehr und onanierten dabei. Sie fanden es geil, ich nahm es verständnislos wahr und dachte, es ist unanständig und gehört sich nicht. Mit 15 Jahren änderte sich das. Die Geschlechtsreife holte mich ein. Ich bekam jeden Morgen eine Gliedsteife und hatte nasse Träume. Sigrid, die älteste Schwester, hatte die Aufgabe, uns zu wecken. An einem Sommertag lag ich aufgedeckt auf meinem Bett. Sigrid betrat den Raum und öffnete das Fenster. Ich stellte mich schlafend. Sie näherte sich mir und betrachtete mein erigiertes Glied, das aus der Hose des Schlafanzugs ragte. Sie vergewisserte sich, dass ich schlafe und blieb einige Minuten vor meinem Bett stehen. Dann rüttelte sie mich wach und verließ das Zimmer. Ich fand den Vorgang wundervoll. Ich inszenierte von nun an zwei oder drei Wochen lang jeden Morgen scheinbar schlafend mein exhibitionistisches Schauspiel. Ich entblößte mich und Sigrid befriedigte mich seelisch durch ihr Interesse. Zu Beginn der Sommerferien wartete ich wie immer auf Sigrid. Ich hatte mich bereits positioniert und betrachtete voller Stolz meinen Pfahl in seiner vollen Pracht. Ich hörte Schritte, die sich meinem Zimmer näherten. Die Tür wurde geöffnet, ich schloss die Augen und blinzelte. Meine Adoptivmuttermutter erschien in der Tür. Sie trug einen Morgenrock. Ich regte mich nicht, sie stutzte, zögerte und sie durchschaute die Situation. Sie streifte ihren Morgenrock ab. Sie hatte eine wohlgeformte Figur und pralle Brüste. Sie setzte sich zu mir auf die Bettkante, umfasste meinen Penis mit fester Hand und wichste auf und nieder. Ich riss die Augen auf und machte wohl ein erschrockenes Gesicht. Sie lächelte verschmitzt und fuhr in ihrem Tun unbeirrt fort. Und dann bekam ich meine erste provozierte Ejakulation. Mein Sperma schoss rhythmisch und im hohen Bogen aus mir und ergoss sich über ihr Gesicht und ihren Körper. Mein Glied pulste kraftvoll und ich fürchtete, das Ausströmen könnte kein Ende nehmen. Als ich ausgepumpt war, ich blieb erregt, verteilte sie meinen Samen auf ihrer Haut, stand auf, setzte sich mit gespreizten Beinen auf mich und geleitete mich in ihren Körper. Ihre Frucht war feucht und warm und umschloss liebkosend die ganze Länge meines Organs. Sie hob und senkte ihren Unterleib auf und nieder, schob ihn leicht nach vorn und zurück und stieß dabei leise unartikulierte Lustlaute aus. Sie beugte sich nach vorn, küsste mich mit der Zunge und flüsterte, nun kostest du vom Baum der Erkenntnis. Ich stöhnte ah, ah, wollte immer tiefer in sie dringen, immer tiefer, saugte an ihren Brüsten und spürte, wie sich mein Körper verspannte bis in das Rückenmark hinein. Ich geriet zunehmend in eine Art von Bewegungsrausch, den sie nicht zu zügeln vermochte und stieß immer schneller in sie hinein. Dann setzten bei mir kräftige Kontraktionen ein. Es war, als ob mein Penis sich rhythmisch zusammenzieht und mit jeder Zuckung sich der Samen gewaltsam Bahn bricht und mit Wucht sich in ihren Leib katapultiert. Ich spritzte ab und

begleitete jeden Schwall mit Seufzern wie:
„Liebste, liebste Mama, Mama, ich liebe
dich unendlich."
Wir sanken dahin, keuchten, küssten uns
und ich stammelte noch immer:
„Mama, ich liebe Dich, lass uns nach
Amerika fliehen, ich kann ohne Dich nicht
leben. Du sollst die Meine werden, ich
sterbe ohne Dich."
Sie erwiderte und schmunzelte dabei liebe-
voll:
„Ach du Dummchen, Du Dummchen.
Warte noch ein oder zwei Jahre ab und
Du wirst andere Worte finden."
Sie verschloss meinen Mund mit Küssen.
Ich wollte noch einmal, sie lehnte ab.
„Es reicht, ich kann nicht mehr. Du bist
mein Böckchen und ich staune, wie viel
Kraft ein Junge in Deinem Alter hat. Du bist
einzigartig. Ich werde Dich morgen wieder
wecken."
Wir verkehrten hemmungslos und ohne
Scham in den nächsten Tagen und ver-
gaßen darüber das Morgen. Ich lebte
traumwandlerisch von einem Tag zum

anderen, verbrannte im Feuer meines Glücks und schmiedete Pläne einer gemeinsamen Zukunft mit meiner Geliebten. Nach zehn Tagen erklärte sie, dass Papa von seiner Dienstreise heimkehrt. Das Leben werde seinen geordneten Lauf wieder aufnehmen. Zwischen uns sei nichts vorgefallen. Sie sagte es kalt und mit barschem Unterton. Sie wies danach jede Annäherung von mir ab und tat, als ob nichts geschehen sei. Es war meine erste Begegnung mit wahrer Liebe. Mutterliebe kannte ich nicht. Die Erinnerung an diese zehn Tage hütete ich wie einen Schatz. Kein Mensch sollte davon erfahren. Ich schwieg, um sie nicht zu verletzen und auch, um die einmalige Episode für mich zu bewahren. Sie hatte mich verführt, aber mich nicht traumatisiert. Es waren für mich Tage des ersehnten und erfüllten Augenblicks. Der Gedanke, dass auf mir ein schicksalshafter Fluch liegen könnte, kam mir nicht.

Lydia, Sie müssen wissen, dass ich im Laufe der Zeit dahinter kam, wer Vater oder

Mutter meiner Adoptivgeschwister waren. Und natürlich wollte ich wissen, wer meine leiblichen Eltern sind. Die Adoptivmutter blieb in meiner Vorstellung meine Geliebte, ich hatte sie auf ewig in mein Herz geschnitzt. Meine Fragen nach meiner Herkunft wurden drängender, die Adoptiveltern vertrösteten mich, ich sei noch zu jung und würde später aufgeklärt werden. Mit jedem Monat beschäftigte mich dieses Rätsel immer stärker. Der geheimnisvolle, abweisende Umgang meiner Adoptiveltern mit diesem Problem regten mich zu wüsten Fantasien an. Ich malte mir aus, ich sei als Kleinkind geraubt worden, meine leiblichen Eltern seien früh verstorben oder getötet worden, ich sei wie Joseph von neidischen Geschwistern verkauft worden, ich sei nichteheliches Kind und verstoßen worden. Und immer erträumte ich mir, dass ich in Wirklichkeit das Kind eines Königs, eines Staatsmannes oder einer berühmten Persönlichkeit sei, dass ich versteckt gehalten und eines Tages als Märchenprinz in die mir zustehende Position gehoben werde. Diese Imaginationen bestimmten mein Wesen zunehmend. Ich trat überheblich, selbstsicher, angstfrei, ideenreich und gesellig auf, hatte viele Freunde und hochfliegende Pläne. Ich erinnere mich, dass einmal nach Schulschluss auf dem Weg nach Hause ein Auto neben mir hielt. Es hatte das Kennzeichen des diplomatischen Korps und trug einen farbigen Stander eines ausländischen Staates. Der Fahrer, ein Schwarzer, fragte mich auf englisch, wo das Palais des Ministerpräsidenten sei. Ich erfasste sofort die Chance, die sich mir bot. Ich riss die hintere Tür auf, stieg in das Auto und erklärte dem Chauffeur, dass ich ihm den Weg zeigen werde. Schulkameraden hatten den Vorgang beobachtet und erkundigten sich am nächsten Tag neugierig, wohin ich gefahren worden sei. Ich erklärte einsilbig, mein Vater habe nach mir geschickt. Weitere Fragen beantwortete ich nicht, versprach mich allerdings gewollt, sagte, mein Vater, der Präsident von Südafrika und beendete scheinbar be-

stürzt den angefangenen Satz mit den Worten:
„Ach was, was soll die ganze Fragerei. Schert Euch um Eure Familie!"
Ich wandte mich ab und genoss die Bewunderung, die man mir von nun an entgegen brachte.
Nach der Affäre mit meiner Mutter distanzierte ich mich von meinen Herkunftsfantasien, fasste Mut, begab mich zum Jugendamt und forderte hartnäckig detaillierte und wahrheitsgemäße Auskunft über meine genealogische Vergangenheit.
Die Sozialarbeiterin, die meine Akte führte, war freundlich und einfühlsam. Sie versuchte, mir das Bittere schmackhaft zu machen. Ich sei in der Geschichte der Menschheit ein einmaliger Mensch, das Ergebnis jahrelanger Forschung und die Krönung des medizinischen Fortschritts. Ich hätte weder einen leiblichen Vater noch eine leibliche Mutter im herkömmlichen Sinne. Vor vielen Jahren habe man im Universitätsinstitut L. männliche Samenzellen und weibliche Eizellen nach

unendlichen Versuchsreihen aus Stammzellen gewonnen und das sei ein Glücksfall gewesen, weil man bei der Verwendung der potentiellen Zeugungsmaterie keine juristischen Komplikationen zu befürchten brauchte. Im Rahmen einer Forschungsstudie habe man Ei und Samen in einer Phiole mit Nährlösung vereinigt und es sei zum ersten Male gelungen, in einer künstlichen Hülle das Wachstum und die Entstehung eines Menschen aus einem Zellhaufen zu beobachten, zum Leben zu erwecken und lebensfähig zu machen. Ich erinnere mich noch an die Worte dieser Frau, als sie mir strahlend sagte:

„Und dieser Mensch sind Sie. Gesund, intelligent, sozial, genetisch ohne Fehl und Tadel. Ist es nicht wundervoll? Sie sind der Beweis dafür, dass die Menschheit überleben kann, was auch immer geschieht. Die Wissenschaft beherrscht die Naturgesetze, der Mensch hat sich zum Gottschöpfer aufgeschwungen. Es ist möglich, Menschen nach Bedarf und Wunsch zu produzieren und durch Eingriffe mit der Genschere

Eigenschaften zu verstärken oder zu eliminieren. Alles ist machbar. Das Geschlecht, die Intelligenz, die Körpergröße, die Haar- und die Augenfarbe, Begabungen wie Musikalität und anderes. Vorbei ist die Zeit vergeblichen Hoffens eines Paares auf ein Kind und die Abhängigkeit von der Unberechenbarkeit des Zufalls. Sie sind der Beginn einer neuen Ära. Sie sind Adam im wörtlichen Sinne, der erste künstlich in einer Retorte gezeugte, genetisch veränderte, gereifte, zum Leben erweckte und aus einer Retorte geborene Mensch.
Weitere Labormenschen werden Ihnen folgen und unsere Welt wird gerechter werden. Vergessen Sie nicht, unsere Ungerechtigkeit besteht unter anderem darin, dass die Bedingungen des zukünftigen Lebens des Einzelnen, sein Erfolg oder sein Scheitern, von seiner Abstammung oder den Privilegien seiner Eltern abhängen. In Zukunft wird der Start ins Leben für alle Neugeborenen gleich sein. Die Tatsache ihrer Benachteiligung ist den Benachteiligten in der Regel nicht bewusst. Sie le-

ben im Hier und Jetzt und denken nicht darüber nach. So wiederholt sich die Ausgangslage der menschlichen Existenz ständig nach dem gleichen Muster. Der Ausgegrenzte zeugt Ausgegrenzte, der Arme Armut, der Unwissende Unwissenheit. Da gleicht ein Ei dem anderen. Wir werden ungefragt in diese Welt gestellt, sind prägenden Erlebnissen ausgesetzt und lernen, die Vorurteile der Gesellschaft als unveränderliche Wahrheit anzunehmen. Ein Vorurteil ist mit Ihrer Zeugung ausgemerzt worden, die Frage nach ihrer Abstammung hat sich erübrigt. Eines Tages werden Sie sich fragen, was Sie aus sich und Ihrer Welt aus eigener Kraft gemacht haben.

Sie werden beginnen, über sich nachzudenken und erkennen, dass Sie allein der Meister Ihres Glücks sind. Frei von sozialen Verpflichtungen und von Zwängen. Ist das nicht großartig?"

Die arme Frau. Sie ahnte nicht, dass sie mich unbedacht vom Königsstuhl in die Gosse gestoßen hatte. Ich war schockiert. Ich verstand nur, dass ich das Produkt eines Experimentes war, nicht gezeugt in Liebe, nicht von Menschen sehnsüchtig erwartet, nicht mit Freude empfangen.

Ich war ein geschichtsloses Wesen, ein erdenloses Kunstprodukt, ein Objekt, das seinen Erfindern mit mir als Vorzeigeobjekt Ruhm und Ehre eingebracht hatte. Ich begriff, warum ich über Jahre wöchentlich befragt, beobachtet, getestet, körperlich untersucht und meine physische Leistungsfähigkeit gemessen wurde. Man wollte die Qualität des Produkts erforschen. Ich wurde verwahrt und insgeheim bestaunt, nicht geliebt, aber beschützt wie die Diamanten der englischen Königin. Was jedes Lebewesen mit seiner Geburt erfährt, Liebe und Schutz, wurde mir versagt. Die Bedeutung des Namens, den man mir gegeben hatte, verstand ich nun. Ich heiße Adam Secundus, Adam der Zweite oder der zweite Adam. Und mit mir sollte die Menschheitsgeschichte neu beginnen, die Geschichte des Fortschritts. Ich ahnte, dass man mich irgendwann als Skulptur verewigen und deklarieren würde als Urmensch der neuen Zeit. Die Schulkinder würden mich begaffen und meinen Namen ehrfürchtig aussprechen oder aber spotten, man habe mir Gelegenheit gegeben, geschichtliche Größe zu zeigen und ich hätte sie nicht genutzt. Genau das wollte ich verhindern. Ich wollte sein wie jeder andere Mensch. Ich stand auf, verließ grußlos die nette Beamtin und lehnte fortan jeden Kontakt und jedes Gespräch mit den Damen und Herren ab, die mich regelmäßig aufgesucht hatten. Und wurde von einem Augenblick zum anderen ein anderer Mensch. Ängstlich, schwermütig, verletzlich und sich minderwertig fühlend. Ein geschichtsloses Nichts, ein Niemand. Ich musste mich erfinden. Wer war ich, was war ich, woher komme ich, wohin gehe ich? Gott hat mich nicht gerufen, ich bin nicht wie alle anderen Menschen. Warum ich, gerade ich? Aber hat mir Gott nicht auch eine Seele gegeben? Ich leide und fühle wie jeder Mensch. Wie soll ich mit der mir angetanen Schmach leben? Wie soll ich mit meinen Mitmenschen umgehen? Hatte mein Erbgut mich zum Verdammten bestimmt oder war ich der Prophet eines neuen Reiches, aus dem Nichts kommend und ausersehen, ein neues Geistesfeuer zu entfachen? Meine Zeugung glich immerhin ähnlichen Fragwürdigkeiten wie die des Jesus von Nazareth. Das neue Wissen vermittelte mir keine Selbstverständlichkeiten, die mich trugen und in denen ich mich geborgen fühlen durfte. Im Gegenteil. Ich haderte mit meinem Schicksal und kam über Wut, Erbitterung und Groll nicht hinaus. Ich versuchte, meine Empörung in meinem Herzen zu vergraben, hielt sie dort verborgen und geheim und sprach mit niemanden darüber. Ich warf die Tür zu meiner intimen Kammer zu, verschloss sie und schleuderte den Schlüssel in das Meer des Vergessens, wie Du es mit dem Wissen getan hast, wer Dein Vater ist. Kein Uneingeweihter sollte von den Umständen meiner Geburt erfahren. Und hatte doch dramatische Folgen für meine weitere Entwicklung. Was man mir zugemutet hatte, bewirkte unmittelbar, dass meine Schulleistungen dramatisch abfielen. Ich mied von nun an den Umgang mit meinen Freunden, blieb allen geselligen Veranstaltungen fern, zog mich zurück. Die Mädchen, denen ich auf der Straße begegnete, schüchterten mich ein. Ihr Kichern und Plappern bezog ich auf mich, ich wich ihren Blicken aus und wagte nicht mehr, sie zu kontaktieren. Ich grübelte über den Sinn meines Lebens stundenlang nach. Die Welt schien mir verdunkelt und die Erde unter meinen Füßen schwankend. Ich glaubte, dass alles untergeht und selbst das Vollendete keinen Bestand hat. In meinen Tag- und Nachtträumen vernichtete ich Feinde, sah lustvoll der Zerstörung der Erde zu und quälte mit Genuss meine Widersacher. Der jugendliche Mut, die Flucht nach vorn, der utopische Glaube waren mir abhanden gekommen. Das Abitur bestand ich mit Müh´ und Not, mietete mir danach sofort eine kleine Wohnung und brach die Verbindung zu meinen Adoptiveltern ab. Ich warf ihnen innerlich vor, mich über

Jahre belogen zu haben. Und was mir meine Adoptivmutter bedeutete, darüber habe ich mich heute zum ersten Male ausgelassen. Erst die Beschäftigung mit philosophischen Gedanken brachten mir Seelenruhe und Gelassenheit. Im Gymnasium hatten wir uns mit der Philosophie Schopenhauers beschäftigt. Der Gedanke, dass die Welt letztlich von einem blinden, vernunftlosen Willen, der absoluten Urkraft, geleitet wird, der die Welt sinnlos und unberechenbar, stümperhaft und desaströs gestaltet, ergriff von mir Besitz.

Ich ließ mich überzeugen, dass die Welt ein Jammertal voller Schmerzen und Leiden, voller Unberechenbarkeit und Abscheulichkeiten ist. Deshalb gebe es keine wahre Glückseligkeit. Glück sei nur eine Illusion. Die Biografie eines jeden Menschen sei wie die Menschheitsgeschichte eine Martergeschichte. Im Diesseits sei der Tod deshalb erstrebenswerter als das Leben. In meinem entzauberten Denken färbte ich das Jenseits als Ort, in dem alle Zweifel, Dunkelheiten und Schwierigkeiten des Diesseits sich in Licht auflösen. Die Todesvorstellung wurde für mich ein ästhetisches Wunschbild. Diese idealistische Ausrichtung verinnerlichte ich und fand sie bestätigt in meinem Dasein. Ich schwankte zwischen der Entscheidung, die Qual zu leben auf mich zu nehmen oder aber mich selbst zu töten. Ich dachte über Todesmöglichkeiten nach und konnte mich für den letzten Schritt nicht entscheiden. Ich verdrängte den Wunsch zu sterben. Und fand einen Grund, am Leben festzuhalten. Alle Menschen werden von der göttlichen Lust, die Menschen mit Not, Elend und Siechtum zu quälen, bestraft, angeblich, um die Festigkeit ihres Glaubens an die Liebe Gottes zu prüfen. Es nötigt uns zum Mitleiden und Beistehen. Wir erkennen im Leiden des Nächsten unser eigenes Leid. Das rührt uns an und formt unser Gewissen. So wird uns durch Mitleiden ein höheres Bewusstsein vermittelt, mit dem wir unseren Egoismus überwinden und uns unseren Mitmenschen zuwenden. Mitleiden ist die treiben-

de Kraft, die uns am Leben erhält und moralisch nach dem Prinzip handeln lässt: Verletze niemanden, hilf allen, soweit es dir möglich ist. Auf diese Weise grenzen wir uns von der göttlichen Irrationalität ab. Es ist der Aufstand, das Aufbegehren, die Revolution des winzigen Menschen gegen Gott und seine Allmacht, gegen Alterung, Krankheit und Verfall. Es ist ein Akt der Verzweiflung und darin liegt der Ursprung aller Moral. Wir haben eine eigene, höhere Moral als Gott. Wir leben nach dem Prinzip Hoffnung, geben nicht auf, kämpfen, obwohl wir ständig scheitern. Ich wies den Gedanken weit von mir, gut ist, was mir nützt, böse ist, was mir schadet. Nein, das Gute gruppiert sich um Mitleid, Milde und Geduld, wirkt fort und ist unsterblich. Das war meine erkannte Wahrheit. Sie war schlicht und einfach und fand bei den gewöhnlichen Menschen die uneingeschränkte Zustimmung. Lydia, Sie werden verstehen, welchen Beruf ich mir erwählte, als ich die Schule verließ.
Ich wollte ein guter Mensch sein und

beweisen, dass ich nicht gefällt bin. Ich ließ mich zum Krankenpfleger ausbilden. Ich lernte verbissen, um das mir Angetane zu vergessen und menschlicher als jeder Mensch zu sein, wurde Fanatiker und besiegte meine Aggressivität, die in mir wohnte und sich bereits breit gemacht hatte. Mit 21 Jahren legte ich das Pflegeexamen ab, drei Jahre später habe ich über das Thema Mitleid, Mitleiden und die Ethik der Krankenpflege promoviert.

Im letzten Jahr meiner Ausbildung lernte ich Helena kennen, eine Auszubildende. Wir waren beide zu einer Nachtwache eingeteilt worden. Sie war schüchtern und zurückhaltend. Ich wollte mit ihr plaudern, sie antwortete höflich und einsilbig. Ihre harmonische Gestalt war überschlank, sie hatte verschattete und traurige Augen, eine sanfte Stimme, hellblonde Haare. Sie hütete sich, ihre Gefühle zu zeigen und wollte sie erkennbar vor fremden Blicken bewahren. Sie erschien mir wie ein lichter Schein in dunkler Nacht. Ich liebte sie, noch bevor ich sie kannte und ihr Wesen begriff. In ihrer Gegenwart fühlte ich Wärme und war auf unbeschreibliche Art glücklich. Wie alle Verliebten redete ich mir die Gründe für meine Liebe ein, die doch nichts anderes waren als projizierte Wünsche. Heute weiß ich, dass sie die Traumgestalt war, die ich in den Jahren der Verbitterung und des Alleinseins mir wünschte, jene Gestalt, die eine unberührbare Würde verkörpert und mir die Angst und das Bangen vor den Menschen und der Zukunft nimmt. Nach dem Dienstende fand ich eines Tages den Mut und fragte sie, ob wir uns in der Freizeit treffen könnten. Sie lehnte ab. Ich fragte, ob ich sie nach Hause begleiten dürfe. Sie nickte. Auf dem Weg schwieg sie und lauschte doch meinen Worten. Wie bei einem Dammbruch bahnte sich bei mir die angestaute Lebensfurcht seinen Weg. Ich erzählte und erzählte. Wovon? Ich philosophierte über die grässliche Philosophie Schopenhauers, von der ich eigentlich wenig verstand. Sie hörte mir sehr aufmerksam zu und gab zu erkennen, dass sie mich verstehe. Aber sie schwieg. Zwei Wochen lang begleitete ich sie. Ich fühlte die Empfindsamkeit und Innigkeit ihres Wesens und hatte nach dieser Zeit nichts mehr zu sagen. Mein Verlangen nach Vereinigung mit ihr wühlte wie Glut in mir und bestimmte flackernd meine Träume. Ich fühlte mich eingekerkert, wusste nicht weiter und merkte nicht, dass ich ihr vertraut geworden war. Dann kam es unerwartet und leise von ihren Lippen: Du hast keine Freude am Leben und vegetierst in einer Totengruft. Sie begann, ihr Leben vor mir auszubreiten, so, als ob sie zu sich selber spräche. Sie sprach aus der Tiefe ihrer Seele und ich begriff, dass ihre Gedanken zum ersten Male zu Worten wurden. Es waren liebe und innige Worte, voller Lebensbejahung und Lebensdurst.

„Ich will nicht schwächlich sein und mit gefalteten Händen resignierend die Zukunft erwarten. Das hilft nicht gegen den Hunger, es ist wie der Biss in einen Stein. Wir haben einen freien Willen und werden unsere Zukunft selbst gestalten. Wer keine Hoffnung hat, frisst sich selber auf. Sei von Dir überzeugt und baue Dir Dein eigenes Haus."

So vermittelte sie mir eine positive Weltsicht und ich nahm sie an. Sie wurde für mich zum Ruhebild, das in sich selber wohnt. Wir ließen zunehmend unsere Geheimnisse voreinander fallen, bis wir uns gestanden, dass wir uns gegenseitig glücklich machen und für einander bestimmt sind. Wir beschlossen zu heiraten in der festen Überzeugung, dass das gegenwärtige Glück uns zuverlässig in die Zukunft trägt. Wie ich entstanden bin, hatte ich Helena verschwiegen, ich hatte es vor lauter Seligkeit vergessen, nein, ich wollte es ja auch vergessen. Es beschämt mich noch immer. Aber ein geistiges Band hielt uns zusammen. Wir waren wie mit einer Nabelschnur miteinander verbunden, teilten die lebendige Ganzheit der Welt und standen im osmotischen Austausch mit den Sternen, den Bergen, das Meer, den Bäumen, den Tieren und den

Pflanzen. Uns schien, als ob ein heiliger Geist vom Himmel herabkommt und unsere Erde befruchtet. Die Liebe erhellte unsere Tage und tauchte die Welt in ein magisches Licht. Und dann schlug das Schicksal, das unvermeidliche, unvorhersehbare und grausame in Venedig zu.
Ich wusste sofort, auf mir liegt der Fluch des Fortschritts, ohne göttlichen Willen und ohne göttlichen Plan und nur durch Menschenhand ohne Spur von Menschlichkeit in diese Welt experimentiert worden zu sein. Und das ist die Antwort auf Ihre Frage.“

II

Lydia und Adam trafen sich etwa aller zehn Tage. Es war ein Paar, das Außenstehende nicht einzuordnen wussten. Man munkelte von der Unvereinbarkeit dieser Beziehung. Vom lüsternen Greis, der sich Liebe kauft, von der geldgierigen Dirne, die den dementen Alten plündert, von der edlen Seelengemeinschaft zwischen jung und alt, von der Unausgewogenheit von Gewinn und Verlust. Die Würde von Lydia wurde dadurch nicht beschädigt. Ihre erotische Ausstrahlung nutzte Lydia niemals aus, um Dr. Secundus zu höriger Bewunderung, Anbetung und Willenlosigkeit zu verführen. Seine geistige Überlegenheit und Lebenserfahrung missbrauchte Dr. Secundus nicht, um Lydia zum hilflosen Objekt zu machen. In ihrer Beziehung gewannen beide an Wirkungskraft und Handlungsmacht. Die bezaubernde Ausstrahlung von Lydia wurde in der Presse der organisierten Emanzipierten abgewertet und nicht als Aspekt ihrer Persönlichkeit begriffen, sondern als aggressive, rücksichtslos-ichbezogene und besitzergreifende Technik umgedeutet. Hinter dieser Projektion verbarg sich das allgegenwärtige Motiv, dass der Mensch oben und nicht unten liegen will, wie es das Ziel aller Befreiungsbewegungen ist, aber auch dem natürlichen Bedürfnis des Menschen inne wohnt. Unbeeinträchtigt von allen Gerüchten besuchte Lydia Dr. Secundus gelegentlich in seinem Haus am Starnberger See. Im Sommer saßen sie im Garten und ließen sich vom Hausdiener Franz bedienen. Es war ein Roboter mit künstlicher Intelligenz, der auf Ruf gemächlich und steif herbei stolzierte, nach den Wünschen seines Herrn fragte und allen Befehlen klaglos und willig folgte. Er brachte Kaffee und Kuchen, schenkte ein und wünschte guten Appetit. Er suchte den Augenkontakt, öffnete und schloss auf natürliche Weise die Augen, zog die Augenbraue hoch und begleitete seine Aussagen mimisch. Seine Sprache war pointiert und klar, etwas blechern und monoton. Man konnte ihn

für einen exzentrischen Menschen halten.
Dr. Secundus unterhielt sich mit ihm.
„Franz, habe ich heute Post bekommen?"
„Ja, Herr Dr. Secundus. Drei Briefe.
Im ersten befand sich eine Rechnung Ihres
Arztes, ich habe die Rechnung sogleich
über Computer bezahlt. Im zweiten Brief
wird Ihnen mitgeteilt, dass die Hauptver-
sammlung der Aktionäre von Siemens am
15. Mai in München stattfindet und dass
der Vorstand eine Dividende von sieben
Euro pro Aktie vorschlägt. Sie müssen sich
entscheiden, ob Sie an der Hauptversamm-
lung teilnehmen werden. Und im dritten
Brief wirbt eine Schuhfirma für ihre Produkte."
„Gut Franz. Und wie wird das Wetter in
den nächsten Tagen?"
„Ach das Wetter. Man kann sich auf die
Wetterfrösche nicht verlassen. Heute soll
es sonnig bleiben, morgen soll es regnen."
Franz wendete sich Lydia zu.
„Darf ich Ihnen eine Decke bringen, hier
am See wird es schon etwas frisch?"
Lydia bedankte sich.

„Sie sind sehr aufmerksam, aber die Sonne wärmt noch sehr. Vielen Dank."
Franz entfernte sich mit einer leichten Kopfneigung.
Lydia fragte:
„Wie läuft es mit Ihrem Gärtner? Gibt es Probleme?"
„Nun, Franz hält das Haus tip-top in Ordnung, der Gärtner hat mit einigen Arbeiten noch Probleme. Aber er lernt, hat sich neue Algorithmen erarbeitet und erledigt die anfallenden Arbeiten immer besser. Er ist intelligent und braucht keine Fremdprogrammierung mehr. Er schreibt inzwischen seine Programme selbst."
Dr. Secundus gab dem Gespräch eine andere Wendung.
„Du hast mir erzählt, dass Du Dich mit diesem Russen beschäftigst, wie heißt er noch? Er hat im neunzehnten Jahrhundert gelebt. Hat er uns im Zeitalter der Digitalisierung und Automatisierung noch etwas zu sagen? Zur damaligen Zeit schlug man sich ja mit Problemen herum, die nur in den Köpfen der Menschen existier-

ten.“

„Ich denke schon. Er heißt Dostojewski und wurde 1821 in eine adlige, aber verarmte Familie in Moskau geboren. Er besucht in Petersburg die Schule, lässt sich nach dem Schulbesuch als Leutnant bei der zaristischen Armee anwerben und führt ein verschwenderisches Leben. Er bittet und bettelt fortlaufend seinen Vater an, ihm Geld zu schicken. Es sind demütigende und beschämende Briefe. Der Vater kann nicht nein sagen, verschuldet sich für seine Kinder und hofft auf eine steile und gewinnträchtige Karriere seines ältesten Sohnes. Er beutet als Großgrundbesitzer seine leibeigenen Bauern maßlos aus und wird, so wird kolportiert, wahrscheinlich von ihnen beim Geldeintreiben erschlagen. Dostojewski schweigt für immer über dieses Ereignis, aber das Thema Mord und Schuld beherrscht ihn sein Leben lang. Mit 23 Jahren gibt er seine militärische Laufbahn auf, beginnt zu schreiben und hat mit seinem Erstlingswerk „Arme Leute“ großen Erfolg. Die Kritiker halten ihm

Manierismus und Unverständlichkeit vor, er stilisiere sich mit narzißtischer Überheblichkeit und scheue nicht, sich als Schriftsteller in das soziale Abseits zu begeben. Dostojewski bleibt davon unbeeindruckt. Er schließt sich revolutionären Kreisen an, ist an der Planung eines Attentats auf den Zaren beteiligt, wird verhaftet und zum Tode durch Erschießen verurteilt. Er durchleidet eine Scheinhinrichtung, wird begnadigt und für vier Jahre nach Sibirien in die Verbannung geschickt. Er kehrt nach Petersburg zurück, schreibt, macht Schulden, lebt exzessiv als Spieler und Alkoholiker, flieht nach Deutschland, um seinen Gläubigern zu entgehen. Seine Romane und Erzählungen „Schuld und Sühne", „Die Brüder Karamasov", „Der Idiot", „Der Spieler" bringen ihm Weltruhm ein. Er stirbt 1881 in Petersburg. Er hat Großes, Grausames und Unaussprechliches geschildert und doch über sich geschwiegen. Seine Werke und sein Leben als Spieler, Süchtiger, Prasser, Exzentriker offenbaren seine inneren Nöte,

die er niemals preis gab und reflektieren
seine menschliche Apokalypse. Er erinnert
mich an Sie, Dr. Secundus. Sie sind nicht
abhängig, spielen nicht, prassen nicht, das
ist richtig. Darf ich Ihnen das Psycho-
gramm vorhalten, das ich von Ihnen habe?
Ich glaube nämlich, dass ich Dostojewski
so verbissen lese, weil ich durch ihn Sie
besser verstehe. Er war wohl ein großer
Menschenkenner."
 Dr. Secundus antwortete zunächst nicht.
Lehnte sich in seinen Gartenstuhl zurück
und erklärte nach einigen Minuten:
„Ich bin gespannt auf Ihre Analyse. Ich
halte nicht viel von Psychotherapie, aber
ich schätze Ihren gesunden Menschenverstand und bin von Ihrem Einfühlungs-
vermögen überzeugt."
Lydia begann stockend.
„Sehen Sie, ich glaube, dass wir uns im
Leben verlaufen und verkennen können.
Wir sind zum Mitsein und Selbstsein bestimmt. Wir erreichen dieses Ziel, wenn wir
dem Urgrund unserer Existenz, der weltlichen Heimat, verwurzelt und der Ewig-

keit der Liebe verbunden bleiben. Sie hatten es schwer, Heimat und Liebe zu finden. Und als man es Ihnen nahm, haben Sie sich einer anderen Seinsmöglichkeit verschrieben. Sie haben die Nähe von Menschen gemieden, Sie wollten über das Weltliche hinaus, wollten die Erdenschwere überwinden, wollten sich über die Angst des Irdischen erheben. Sie lehnten das Allzumenschliche ab und haben das Endliche ignoriert. Sie fühlten sich von Ihren Einsichten auf Flügeln des Geistes in die Höhe getragen und verloren in Ihrer luftigen Höhe die Gefühle von realer Liebe und Freundschaft zu Gunsten abgehobener Menschlichkeit und humanitärer Gesinnung. Mit anderen Worten, Sie haben sich verstiegen, kleben nun an einer Felswand, können nicht mehr zurück ohne fremde Hilfe und wissen, das Ihr Leben in Teilen missglückt ist. Haben Sie Unrecht getan, unmenschlich aus Menschlichkcit gchandelt? Schuld auf sich geladen und sühnen jetzt?"
Dr. Secundus war erkennbar erstaunt.

Eine solche Analyse hatte er von Lydia nicht erwartet. Sie tappte im Ungewissen und erfasste intuitiv doch einen Aspekt seiner Seelennot.

Er antwortete:

„Jeder lebt in seiner Zeit und hat seine existentiellen Nöte. Sie haben recht. Sie erleben mich als Menschen, der sich in die Verstiegenheit geflüchtet hat und in der Seinsweise des Versteigens gescheitert ist. Ja, ich habe mich zweimal in eine Idee festgefahren, und habe mich in schwindelnder Höhe selbst verabsolutiert. Es ist mein Hochmut, der mir im Wege stand. Vielleicht holen Sie mich zurück auf die Erde. Das Weltall ist nun einmal unendlich und uns bisher unbekannt geblieben.
Und darin unterscheidet sich der Mensch nicht vom Universum. - Lassen Sie uns demnächst darüber sprechen.“

III

Sie saßen auf einer Anhöhe und schauten in das Tal. Sie bewunderten stillschweigend die Majestät der Landschaft. Die Wiesen standen vor der zweiten Mahd. Das Gras wiegte sich im Winde, die Luft zitterte in der Sommerhitze, die Erde atmete und strömte einen satten und herben Duft aus. Ihr gefiel diese behäbige, unaufgeregte ländliche Stimmung. Die Freunde sprachen kein Wort und verloren sich träumend in ihre Gedankenwelt. Dr. Secundus begann in die Stille hinein zu sprechen, es lag ihm wohl auf dem Herzen.

„Ich war jung und verbittert und arbeitete als Pfleger auf einer gynäkologischen Station einer Klinik. Die rechtliche Situation war damals so, dass eine Frau in den ersten drei Monaten ihr nicht geborenes Kind abtreiben darf. Der Schwangerschaftsabbruch war zwar rechtswidrig, aber blieb straffrei, wenn vor dem Eingriff eine autorisierte Beratungsstelle mit der Schwangeren gesprochen hatte. Es hatten sich die

Frauen durchgesetzt, die meinten, ihr Bauch gehöre ihnen. Es fanden sich nur wenige Politiker, die das Menschenrecht der Ungeborenen auf Leben verteidigten. Die Menschen gewöhnten sich daran, dass Föten, selbst körperlich voll entwickelt, ebenso lebensunwert seien wie vor über einem Jahrhundert geisteskranke Menschen oder bestimmte Menschenrassen. So nahm erneut die Todesmaschinerie Fahrt auf. Es gilt noch heute, was der Philosoph Hegel geschrieben hat: Es haben Völker und Regierungen niemals aus der Geschichte gelernt. Am Ende wurden keine Beratungsgespräche mit den abtreibungswilligen Frauen mehr geführt, keiner fragte ernsthaft nach den Gründen ihrer Entscheidung. Das gesetzlich verankerte Verbot, Schwangerschaftsabbrüche anzubieten und durchzuführen, wurde ebenso aufgehoben wie die zeitliche Limitierung des Eingriffs. Es entstanden Kliniken und Zentren, die sich in Werbespots überboten, eine Abruptio preiswert und qualifiziert abzuwickeln. Dahinter stand der Sinngehalt, genießt euer Leben, verwirklicht euch, belastet euch nicht mehr, als euch das Leben bereits zumutet. Am Ende dieser Entwicklung wurden jährlich etwa 150.000 Abtreibungen in Deutschland vorgenommen. Da die Lebenserwartung der Menschen stieg und die Geburtenrate sank, wurde sehr bald eine Überalterung der Menschen in unserem Lande sichtbar. Im Jahre 2050 gab es doppelt so viele über 70jährige wie jüngere Menschen mit der Folge, dass im Rahmen des Solidaritätsprinzips ein arbeitsfähiger Mensch für den Unterhalt von vier, am Ende gar fünf Menschen herangezogen wurde. Die Politiker kämpften verzweifelt gegen diese Entwicklung, die Jungen lehnten sich gegen diese Zumutung auf. Es sei eine Diktatur der Senilen und vergaßen, dass sowohl Politiker und die heranwachsende Generation selbst die Bedingungen für diese Entwicklung geschaffen hatten. Seit Jahrzehnten fehlt uns die Fähigkeit, diesen Prozess aufzuhalten. Wir haben das biologische Gleichgewicht von

Geburtenrate und Sterbensrate aufgehoben.

Als unser Sozialsystem zu kollabieren drohte, selbst Immigranten konnten diese Fehlentwicklung nicht eindämmen, wurde hinter verschlossenen Türen beraten, ob man nicht die Selbsttötung von alten, schwerkranken und sterbenswilligen Menschen forcieren sollte, um das gestörte Gleichgewicht von Geburt und Tod, und damit den Versorgungsanspruch der Alten und die Versorgungspflicht der Jungen, wieder herzustellen. Zweihunderttausend Tote zusätzlich pro Jahr würden den Staat, die Sozialkassen und die Versicherungen finanziell erheblich entlasten. Man senkte das passive und aktive Wahlrecht auf 16 Jahre, um die erforderlichen Reformen durchführen zu können und um ein Gegengewicht zu den Alten, die die Mehrheit der Wähler bildete, zu erreichen.

Junge Menschen sind schnell mit dem Urteil zur Hand, dass körperliches und geistiges Siechtum nicht mehr lebenswert ist. Sie können andere Seinsweisen als die ihre nicht nachempfinden. Die Euthanasie feierte seine Wiedergeburt, wurde nicht rassenhygienisch, sondern utilitaristisch begründet. Kriterium für die Durchführung des schmerzlosen Todes sei der Wert eines Menschen, der sich aus der Summe von Nutzen oder Schaden zusammensetze, die der Einzelne für die Gesellschaft noch habe. Der Gesetzgeber beschloss, der unnütze und dysfunktionale Mensch habe das Recht auf Sterbehilfe.

Ich hatte mich von der gynäkologischen zu einer geriatrischen Station versetzen lassen, weil ich nicht mehr ertragen konnte, dass junge Frauen mit fadenscheinigen Gründen auf Kosten der Allgemeinheit Abtreibungen vornehmen ließen. Ich ahnte nicht, welche Wahl ich getroffen hatte.

Auf der geriatrischen Station wurden Schwerkranke, Verwirrte und geistig Behinderte behandelt. Das Leiden dieser Menschen erschütterte mich und ich verstand, warum Pfleger und Ärzte immer wieder darüber diskutierten, dass der Tod für jene Menschen eine Erlösung sei, die unheilbar krank, siech oder geistesgestört dahin vegetierten, ein Stück lebendes Fleisch ohne Geist. Ich griff auf Schopenhauer zurück und fühlte mich bestätigt, dass unsere Welt die denkbar schlechteste aller denkbar schlechten und bösen Welten sei. Ich litt mit meinen Patienten und fühlte mich elend beim Anblick ihres Elends. Sie ließen unter sich, waren inkontinent, mussten gewaschen und gefüttert werden, konnten sich nicht erheben und sich nur unzulänglich artikulieren. Ich diente ihnen und empfand dabei spirituelle Selbstbestätigung. So gut ich konnte, sprach ich ihnen Mut zu, tröstete sie, pflegte sie, lieh ihnen mein Ohr. Ich saß außerhalb meiner Dienstzeiten stundenlang am Bett der Sterbenskranken, grübelte über die Unsterblichkeit der Seele und konnte nicht verhindern, dass meine Patienten mich verschreckt und vereinsamt in dieser grausamen und grauenvollen Welt ohnmächtig zurückließen und ich ihr Sterben ohnmächtig begleiten musste. Ich studierte die Gesichter der Verstorbenen, sah verkrampften, gelösten, friedvollen, hasserfüllten oder glücklichen Ausdruck, spürte einen dumpfen Druck, einen beklemmenden Schmerz und meinte oft, ersticken zu müssen. Ich habe das Menschsein als endliches Sein begriffen und darunter gelitten.

Dann beging ich meine erste Straftat. Ein Musiker, sechzig Jahre alt, wurde mit der Diagnose Lymphdrüsenkrebs eingeliefert. Er befand sich im Endstadium der Krankheit, das Knochenmark, die Milz, die Leber und die Bauchspeicheldrüse waren metastasiert. Er lag schlaff, müde und kraftlos im Bett, schluckte widerstandslos die verordneten Medikamente und fand hin und wieder für einige Minuten zu alter Lebhaftigkeit und geistiger Klarheit zurück. Ich fühlte mich zu ihm hingezogen. In Phasen der Wachheit erzählte er mir von seinem Leben, schleppend und wehmutsvoll. Von seiner Kindheit und seinem Hund, mit dem er als Knabe seine Mahlzeiten geteilt hatte, von den Aufregungen der kindlichen Spiele, von dem Ideal seiner

Jugend, einmal durch alle fremden Länder reisen zu können. Er sei ein stürmischer Liebhaber gewesen und lachte dabei.

„Nun ist die Flut vorbei und die Ebbe kommt. Ich sage immer, besser ein alter Trinker sein als ein lächerlicher alter Liebhaber. Mich hat man zum Türmer berufen. Dabei höre und sehe ich nicht. Man versicherte mir, genau das qualifiziere mich für diese Tätigkeit. Welch ein Zynismus. Ich will die Freuden der Welt noch einmal genießen und stehe wie ein armer Sünder vor dem Antlitz des Gerechten. Ich bin eingesperrt in meinem Verlies und ängstige mich vor Seinen forschenden Augen und Seinen bohrenden Fragen. In der Einsamkeit, in der inneren Finsternis, sehe ich Sein Angesicht und höre Seine Stimme und bin doch noch am Leben.

Ich denke an die Sünden, derer ich mich schuldig gemacht habe, bereue, bin frei vom Nebel törichter Wünsche und lebe in der Ungewissheit des Kommenden. O Gott, welches Ende hast Du mir zugedacht.“

Friedrich, so hieß er, hatte Musik studiert, spielte Klavier und war über das Mittelmaß nie hinaus gekommen. Er erhielt nach dem Studium Arrangements in unbedeutenden Orchestern, verselbstständigte sich mit einem Quartett, das vor allem klassische Kammermusik anbot, hungerte sich schließlich als Unterhaltungskünstler durch die Zeit und schrieb eigene Kompositionen, die nie zur Aufführung kamen. Er war von sich überzeugt und erklärte mir seine Sicht der Dinge:

„Ob man als Künstler Erfolg hat, hängt von vielen Faktoren ab. Vom Zeitgeschmack, von Beziehungen, vom Kapital, von Zufällen. Kein Mensch, kein Sachverständiger kann sagen, ob das, was heute bejubelt wird, morgen nicht bereits vergessen ist. Wer kennt heute noch die Werke von Vanhal, Lebrun oder Martin Kraus? Wer kennt heute noch die Namen der Maler, die vor Jahren in der „Dokumenta" präsent waren?Die Dokumenta war einmal eine weltberühmte Kunstausstellung, heute wissen nur noch Wissenschaftler von

ihrer ehemaligen Existenz. Die damaligen Kunstwerke sind im Depot verschwunden und verrotten dort. Keine Henne will heute von ihnen begattet werden. Alles ist vergänglich. Ja, so ist es, das Seiende trägt den Keim des Vergehens in sich. Deshalb gibt es keine Zeit übergreifende Werte für die Qualität eines Kunstwerks. Die Zeit wird immer schneller, Welt- und Lebenszeit fallen auseinander, weil wir heute in unserer Lebenszeit so vielen zeithistorischen Umbrüchen ausgesetzt sind. Die Gültigkeit von Erfahrungen, Erkenntnissen und Werten hat sich verkürzt, das betrifft auch den Musikgeschmack. Ich habe mich im Laufe der Zeit damit abgefunden und bin zufrieden, dass ich die Möglichkeiten, die in mir lagen, ausgeschöpft habe, wenn auch nicht mit dem angestrebten Erfolg."
Es gelang mir, eine Disk mit einer Komposition für Klavier, Geige und Cello von ihm aufzutreiben, er hatte sie betitelt mit „Ballade ohne Worte". Ich überraschte ihn damit nach dem Mittagsschlaf. Ich betrat sein Krankenzimmer, schob die Disk ein,

setzte mich auf einen Sessel und lauschte mit ihm seiner Musik. Sie war leidenschaftlich und sinnlich, aggressiv und männlich, voller Schmerz und Hoffnung. Sie evozierte zu Bildern aus der Tiefe meiner Psyche, die mich emotionalisierten, deren Bedeutung ich aber nicht verstand. Die Komposition hatte keinen abschließenden, auflösenden Akkord, die Töne blieben in der Schwebe. Ich verlor mich in den Melodien und hatte nur das Verlangen, auf den Wolken der ätherischen Klänge der Welt entrückt zu bleiben. Ich warf den Schleier ab, der mich umhüllte, gab mich meinen Gefühlen hin und wurde dabei meiner besten Seiten selbst gewahr. Am Ende des Stücks stand ich auf und verließ stumm sein Zimmer. Warum fand ich damals kein Wort für ihn? Warum trat ich nicht auf ihn zu, um ihm die irrige Angst vor dem Tode zu nehmen? Konnte ich es nicht, weil ich damals zu Abschiedsworten nicht fähig war und selbst noch zu sehr an diesem Leben hing? Oder war es der Neid auf sein Können, denn jede deutliche

Überlegenheit des Einzelnen weckt die Missgunst des Nächsten.

Der Musikus hielt seine Augen geschlossen und ich spürte, dass seine Musik sich wie ein Pfeil in sein Herz eingebohrt hatte und der sinkende Schatten sich schauerlich und unaufhaltsam auf ihn niedersenkte. Nach einer Stunde schaute ich wieder nach ihm. Er lag still und ich wusste nicht, was ich ihm sagen sollte. Er flüsterte:

„Ich werde bald sterben."

Ich versuchte, ihn zu trösten so gut ich konnte.

„Meister, Sie haben eine unsterbliche Musik geschrieben. Ihre schöpferischen Tonsphären sind Artikulierungen menschlichen Seins in einer universalen Sprache. Das macht Sie unsterblich."

„Nein, ich fahre auf dem nachtschwarzen Meer in die unbekannte Ewigkeit. Mein Tod ist unabwendbar und meine Musik wird bald vergessen sein. Ich bin nicht unsterblich. Mein Sohn hat nie gefragt, woran ich arbeite und was mich bewegt, geschweige denn mir zugehört, wenn ich auf dem Klavier eine Komposition intonierte. Sein Streben war nur auf Geld gerichtet. Meine Tochter kennt die Aufnahme, die Sie abgespielt haben und fand sie langweilig und inhaltslos. Sie hat sich sogar darüber lustig gemacht. Beide sind mit ihrem Leben beschäftigt und das ist gut so. Sie bewältigen ihr Leben besser als ich. Ich habe mich rastlos bemüht und bin über meine Unzulänglichkeiten gestrandet. Nun bin ich im Grunde verlassen und vereinsamt und erleide das Schicksal der meisten Menschen. Ich ertrinke im Meer der Bedeutungslosigkeit und keiner wird später nach mir fragen."

Mich machte betroffen, dass er so vernichtend über sein Schicksal sprach.

Welch schreckliches Urteil, das er über sein Leben fällte. Ich antwortete:

„Musik drückt aus, was man in Worte nicht fassen kann. Ihre Musik hat bei mir Gefühle und Bilder hervorgerufen, die ich keinem Menschen schildern kann und mir doch mein verschwiegenes Selbstsein

erschließt. Ich danke Ihnen.“
Über das Gesicht des Meisters huschte ein Lächeln. Er hielt seine Augen geschlossen und ich entfernte mich ruhig und lautlos von ihm.

Mein Beruf brachte es mit sich, dass ich viele Menschen sterben sah. Manche bäumten sich gegen ihr Sterben auf, manche nahmen es lethargisch hin, andere nahmen es ergeben und abgeklärt hin und noch andere waren voll dankbarer Zuversicht. Eines Tages überraschte mich der Meister mit den Worten, er denke schon länger darüber nach, welchen Weg zum Tode er beschreiten solle. Sein Atem war schwer und er röchelte mehr als er sprach. Er wolle bei vollem Bewusstsein sterben, wolle nicht qualvoll Stunden in Agonie verbringen, sondern frei und gelöst sich von dieser Welt verabschieden. Langsam, Wort für Wort abwägend, erläuterte er mir seine Gedanken.

„Ich bin Atheist. Ich war mein Leben lang überzeugt, dass Gott eine trostreiche Illusion sei, in die der Mensch sich rettet, wenn er sich in Not, Angst oder existentieller Verzweiflung befindet. Gott sei das Opium für den bedrängten Menschen. Ich teilte diese törichte, unbedachte und abgegriffene Redensart. Erst als mir die Ärzte meine Diagnose und meine noch zu erwartende Lebenszeit mitteilten, kam mir die Frage nach Gott wieder ins Bewusstsein. Meine unabweisbare Endlichkeit, die mich einholt, raubte mir nachts den Schlaf, engte meine Gedanken ein, machte mich ruhelos und verzweifelt. Ich wurde von Ängsten geschüttelt, kniete stundenlang nieder, weinte und betete zu Gott, er möge meine Schuld tilgen und mir noch ein oder zwei Jahre Lebenszeit schenken. Dann holte mich die Wirklichkeit ein. Drei oder vier Monate, das war die Prognose der Ärzte. Ich verstand, das ist meine Gnadenzeit. Dann werde ich begraben und vergessen. Die Schatten der Vergangenheit erreichten mich. Ich fragte sie, was wollt ihr von mir. Sie antworteten, wir wollen nichts, wir folgen dir, du kannst uns nicht abschütteln. Wir sind deine treuen Wegbegleiter. Da plötzlich fiel von mir die Überheblichkeit des freien Geistes. Das Bewusstwerden um die Sterblichkeit meiner leiblichen Existenz, in die ich ungefragt geworfen worden war, öffnete mir die Glaubenstür. Der Tod ist nicht das Ende. Wir sind nur ein winziger Teil eines unendlichen Ganzen, aus dem wir geboren sind und in das wir wieder heimkehren. Wir können in das Ewige, in eine existentielle, uns unbekannte Dimension nur in Frieden eingehen, wenn wir aufgeben, wonach uns hier dürstet und gelüstet. Dann gewinnen wir auch ein persönliches Verhältnis zu Gott oder dem Göttlichen, dann begreifen wir die Macht der Güte und der Liebe, in der wir geborgen sind, auch in unserer letzten Stunde und es fällt leicht, sich vom Staub der Erde abzuwenden. Erst auf dem Totenbett habe ich die Eitelkeiten meines Strebens erkannt. Seitdem messe ich in anderen Maßen und habe mich mit meiner Vergangenheit versöhnt."

Ich war von seinem Bekenntnis überrascht und fragte, ob er christlich erzogen worden sei. Noch mehr überraschte mich seine Gegenfrage:

„Was ist denn das Christentum, ich habe davon noch nie gehört. Weder in der Schule noch im Elternhaus."

Ich versuchte, so gut ich konnte, ihm das Christentum zu erklären:

„Es war einmal die weitest verbreitete Religion weltweit, die aus zahlreichen Konfessionen bestand und in den letzten Jahrzehnten zu einer kleinen Sekte geschmolzen ist. Ihre Kirchen sind zu Museen oder zu Moscheen umfunktioniert oder abgerissen worden. Von zentraler Bedeutung für die Christen ist Jesus von Nazareth, in dem sich Gott aus bedingungsloser Liebe zu den Menschen und seiner Schöpfung in menschlicher Gestalt, in Jesus, offenbart hat, die Sünden aller auf sich nahm, sich kreuzigen ließ und so die Erlösung der Menschheit von Schuld und Sünde bewirkte. Nach drei Tagen ist er vom Tode auferstanden und hat damit

bestätigt, wer an die Wesenseinheit von Gottvater, Sohn und Heiligem Geist glaubt, wird wie Jesus Christus nach dem Tode auferstehen und in das Reich Gottes, dem alttestamentarischen Paradies, einziehen. Für die heutigen Menschen ist diese Lehre nicht mehr nachvollziehbar, sie ist ihnen zu spekulativ und widersprüchlich. Die wenigen bekennenden Christen sind wunderbare Menschen. Soweit es ihnen möglich ist, wollen sie Liebe in allen Lebensbereichen verwirklichen. Sie glauben an die früher revolutionäre, jetzt veraltete Macht der Liebe, wie wir an die weltverändernde Kraft der Wissenschaft.“
Ich unterbrach meine Erklärung und schaute zu meinem Musikus. Er schnarchte.
Er hatte seine Hände gefaltet, schien zu lächeln und schlief tief und fest.
Am späten Abend brachte ich ihm die verordneten Medikamente. Ich spürte, dass er etwas sagen wollte und setzte mich zu ihm.
„Adam, ich bin vorhin wohl eingeschlafen. Entschuldigen Sie. Was Sie sagten, hat mich dennoch erreicht. Es war tröstlich

und beruhigend. Und hat doch nicht die Frage beantwortet, ob unsere Körperlichkeit letztlich nicht nur ein Spuk ist und wir auf der Suche nach Enthüllung und Offenbarung der Wahrheit ohne Gewissheit über das Verhältnis zwischen Geist und Materie zu erlangen, uns verzweifeln lässt." Er atmete tief ein, benötigte lange Pausen nach jedem Wort, war sichtlich mit seinem eigentlichen Anliegen beschäftigt und unentschlossen und bat schließlich mit zitternder Stimme:

„Adam, helfen Sie mir bewusst zu sterben, verabreichen Sie mir ein Medikament, damit ich mein Leben beenden kann. Ich möchte nicht in das offizielle staatliche Euthanasieprogramm aufgenommen, in ein Sterbezimmer geschoben und schließlich entsorgt werden. Sie sind mir lieb geworden, Sie sollen bei mir sein, wenn ich die Grenze zum unbekannten Land überschreite. Ich weiß, was ich Ihnen zumute. Sagen Sie nichts und überdenken Sie meine Bitte."

Der Meister stürzte mich mit seinem Anliegen in ein unlösbares Dilemma. Ich war ja überzeugt, dass wir in der schlechtesten aller Welten leben, dass die irrationale göttliche Macht nur Leiden und Elend anbietet und wir uns gegen diese grausame Willkür nur mit gegenseitiger Hilfe, Mitleid und lebenserhaltenden Taten selbst behaupten können. Darf ich meine so mühsam erarbeitete moralische Ethik aufgeben, darf ich töten? Ist es die Stunde der Ausnahme von meiner Moral? Seine Bitte warf mich in einen Zustand, in dem ich mich großer Dinge fähig fühlte und doch meinem Gewissen folgte. Ich pflegte weiterhin pflichtgemäß den Meister und hielt mich zurück, ihm meine Gewissensnot mitzuteilen. Er wiederholte auch nicht seine Bitte, aber seine Augen flehten. Wenn seine Zunge lallte und er vor Schmerzen schrie, gurgelte und röchelte, verabreichte ich ihm Opioide, mehr, als sie von Ärzten verordnet worden waren. Und jedes Mal kamen bei mir Verstand und Gefühl ins Schwanken. Allein zu entscheiden ist unerträglich.

Wem konnte ich mich anvertrauen? Ich hatte keinen Menschen, dem ich mich hätte anvertrauen können. Ich entschloss mich, ihm das Gift zu geben. Doch bald darauf wurde ich von Schuldgefühlen geschüttelt, rief den Gott unserer Väter an, an den ich nicht glaubte und bat, mir ein steinernes Herz oder den Mut eines Helden zu geben. Ich hatte keines von beiden. Doch die Zweifel wichen nicht, ich blieb ein Mensch im Widerspruch und balancierte zwischen Entweder und Oder. Bis zu jenem Tage, an dem ich ein mystisches Erlebnis hatte. Ich stand vor dem Bett des Meisters. Er atmete stoßweise, stieß leise quälende Laute aus, starrte mich an, hob seine Arme und faltete beschwörend seine Hände. Mir war, als ob sich um unsere Körper eine beschützende Lichtaura ausbreitet. Ich schritt wie benommen in das Dienstzimmer, entnahm dem Tresor die Flasche mit Fentanyl und zog davon 10 ml in eine Injektionsspritze auf. Fentanyl ist ein chemisches Opioid, 100 mal stärker als Morphium und wird bei

Schmerzkranken angewendet, wenn andere Mittel nicht mehr anschlagen.
2 ml sind tödlich für den Menschen.
Ich kehrte zurück. Er blickte mich an, glücklich und mild. Er streckte mir seinen Arm entgegen, ich injizierte das Medikament. Über sein Gesicht huschte ein Lächeln, sein Körper entspannte sich, er wurde bewusstlos und hauchte sein Leben aus. Ich tappte zum Fenster und wusste nicht, was wirklich geschehen war.
War es ein Traum, eine Täuschung, eine Verwirrung? Oder eine kraftvolle Gotteserfahrung, eine heilige Handlung?
Hatten der Himmel und die Erde sich vereinigt? Ich haderte in der Folgezeit mit meinem Tun, wurde die Selbstzweifel nie los und fand diese Tat dennoch auf geheimnisvolle Weise ermutigend und meiner würdig. Ich wusste, dass ich mit meiner Unvernunft einem Menschen einen Wunsch erfüllt und zugleich ihm etwas Unwiederbringliches genommen hatte. Ich hatte Gott das Heft des Handelns aus der Hand entrissen und hatte

ihn in die Schranken gewiesen. Er, das Opfer, hatte sich aufgegeben. Aber ich, der Täter, war ich selbstherrlich, eitel, berauscht von dem Gedanken, eins zu sein mit dem Allmächtigen?"
Dr. Secundus schaute verloren in die Ferne und fuhr dann fort:
„Im Laufe von drei Jahren habe ich sechs vom Tod gezeichnete Schwerkranke auf ihr Verlangen getötet. Damals war die aktive Sterbehilfe strafbar, heute ist sie legalisiert. Ich wurde verhaftet und zu 10 Jahren Freiheitsstrafe verurteilt. Als Bestrafter war ich nicht mehr der, welcher die Taten begangen hat. Ich verzeihe mir mein damaliges Handeln nicht und bin doch überzeugt, dass ich unter den selben damaligen Bedingungen heute wieder so handeln würde."
Lydia wandte sich Dr. Secundus zu.
Durch ihren Körper lief ein Schauer. Sie fühlte, dass ihr väterlicher Freund stark und rigoros ist und fürchtete, er könnte ein unverbesserlicher Überzeugungstäter sein und dem Drang zu töten nicht wider-

stehen. Sie ertrug seinen Blick nicht und schlug die Augen nieder. Er fragte:
„Du bist verwandelt. Was geht in Dir vor?"
„Es ist nichts."
Sie blickte nach seiner Hand. Hatte er eine Spritze in der Hand? Nein, von ihm ging eine merkwürdige Ruhe aus. Seine Stimme war weich wie nie zuvor.
„Ich habe Dich erschreckt. Meine Geschichte hat Dich erschreckt. Ich bin kein Monster, kein Jäger der Nacht und kein Sadist. Bei Gelegenheit werde ich an das Gesagte anknüpfen, lass uns gehen."
Lydia hatte sich gefasst. Sie protestierte.
„Nein, ich möchte wissen, was jetzt weiter kommt. Lassen Sie sich nicht irritieren, ich habe dergleichen noch nie gehört und habe es auch nicht für möglich gehalten. Ich war momentan geschockt."
Er überlegte kurz.
„Nun gut, was danach kommt, ist ja auch der friedfertigste Teil meines Lebens. Es wird Dich beruhigen. Während der Untersuchungshaft wurde ich von einem Psychiater und einem Psychologen unter-

sucht. Vor Gericht bescheinigte mir der Psychiater, dass ich nicht geisteskrank und nicht schwachsinnig sei. Der Psychologe, ein junger Mann, blähte sich auf und legte umständlich und allwissend dar, was für eine Persönlichkeit ich sei und aus welcher Motivation ich gehandelt hätte. Ich hätte mich als Herr über Leben und Tod geschwungen, hätte im Gefühl der Allmacht geschwebt und damit stets einen Höhepunkt meines Lebens zelebriert. Ich hätte mich weder an Gesetz noch Gewissen gebunden gefühlt und voller Lust die Augenblicke des Todeskampfes meiner Opfer genossen. Ja, ich sei ein Raubtier ohne Gewissen. Ich war und bin überzeugt, dass keiner der Gutachter und der Richter an den Qualen eines Sterbenden über Stunden und Tage je teilhaben und seine Schmerzensschreie ertragen musste.
Und deshalb kam keiner von ihnen auf den Gedanken, dass ich mich und die Sterbenden von der irdischen Verdammnis des Menschseins erlösen wollte.“
Dr. Secundus hielt inne.

„Lydia, kennst Du ähnliche Gewissenskonflikte, kannst Du nachvollziehen, was mich bewegte? Erzähle von Dir, es hilft mir vielleicht."

Lydia überlegte. Was sollte sie erzählen? Sie war voller Grauen, fühlte sich verstört und verwirrt. Ihr war zum Weinen und zum Schreien zumute. Sie grub in ihrem Gedächtnis und fand kein Ereignis, was die Sonne ihres Lebens nachhaltig verdunkelt hätte. Dann gab sie sich einen Ruck, sie hörte ihre Stimme, die von ihrem Leben erzählte, von kindlichen Erlebnissen, von sich und ihren Gefühlen. Sie sprach gequält und verängstigt und von Nebensächlichkeiten.

„Ich kenne meinen Vater nicht. Meine Mutter hat mich erzogen. Wir lebten in sehr bescheidenen Verhältnissen, ich habe das nie als Nachteil oder Makel empfunden. Meine Mutter liebte mich und ich liebte sie. Wir herzten und küssten uns, schliefen in einem Bett, besprachen alle Dinge frei und offen und hatten keine Geheimnisse voreinander. Ich habe

von ihr nie Schläge erhalten, ich war auch ein sehr artiges und hübsches Kind. Sie verdeutliche mir immer wieder, dass nur Fleiß und nicht Schönheit ernährt.
Und sie erfand zur Veranschaulichung Geschichten, die mir noch heute geläufig sind. Zum Beispiel. Es war einmal ein armer Mann. Er hatte nichts. Kein Haus, keine Frau und keine Kinder. Er bat den reichsten Bauer seines Dorfes, ihm zwei Schafe für zehn Jahre zu einem Zins von acht Prozent zu überlassen. Mit den Schafen zog er in die Wildnis, war ehrbar und fleißig. Er verkaufte Wolle, Milch und Käse und vergrößerte seine Herde durch Zucht und Zukauf. Der Himmel segnete ihn und er dankte jährlich dafür mit dem Zehnt. Nach zehn Jahren kehrte er mit 1.000 Schafen in das Dorf zurück, um seine Schulden zu begleichen. Da sagten einige, er hat seinen Reichtum nicht mit rechten Dingen erworben. Sie nahmen ihn gefangen, schlugen und quälten ihn und forderten, die Herkunft seines Wohlstands preis zu geben. Sie glaubten nicht, dass er nur

arbeitsam und sparsam war. In seiner Not versprach er seinen Widersachern, wer auf den Grund des tiefen und reißenden Flusses taucht, wird mit 50 von meinen Schafen belohnt. Da ließen die Neider vom Schäfer ab, liefen zum Fluss, stürzten sich Hals über Kopf in das reißende Wasser und ertranken. Und jeder im Dorfe begriff, was der Preis von Habgier und was der Lohn der Hände Arbeit ist. Ja, so großartig war meine Mutter. Klug und verständig. Auf diese Weise vermittelte sie mir, worauf es im Leben ankommt. Und doch gab es bei ihr eine andere Seite, die mir unbekannt war. Ich war wohl elf Jahre alt, da brachte mich meine Mutter wie immer ins Bett. Sie setzte sich zu mir aufs Bett und sang wie immer das Wiegenlied von Brahms: Guten Abend, gut' Nacht, mit Rosen bedacht, mit Näglein besteckt, schlupf unter die Deck'. Morgen früh, wenn Gott will, wirst du wieder geweckt. Sie war fromm und ihre ehrliche, von Herzen kommende, naive Frömmigkeit erschöpfte sich mit diesem Lied. Dann küsste sie mich und sagte, ich sei ihr größter Schatz. Sie wolle eine Freundin besuchen und komme bald zurück. Sie ging öfter aus. Es war ein ungewöhnlich heißer Sommerabend und ich fand keinen Schlaf. Ich drehte und wälzte mich im Bett, hörte Stimmen durch das Fenster und nahm ungewöhnliche Geräusche wahr. Ich fühlte mich bedroht und kroch unter die Bettdecke. Mir wurde warm und Angstschweiß überzog meinen Körper. Ich redete mit mir. Mama komm, bitte komm. Du wolltest doch gleich wieder da sein. Warum lässt du mich allein, ich habe solche Angst. Ich verließ das Bett, schaute aus dem Fenster und sah eine friedfertige Welt, die der Mond gütig in ein goldenes Licht tauchte. Ich fasste Mut, verließ das Haus und setzte mich auf eine Treppe vor die Eingangstür. Ich wartete auf meine Mutter und die Zeit wollte nicht vergehen. Ich fürchtete mich und betete, lieber Gott, bringe mir die Mama bald zurück. Behüte sie, ihr soll nichts Böses geschehen. Plötzlich schubste mich etwas an. Ich erschrak zu Tode.

Es war der Kater Amadeus unserer Nachbarin, der einen krummen Buckel machte, schnurrte und gestreichelt werden wollte. Ich nahm ihn in meine Arme und fand Trost bei ihm. Endlich hörte ich Schritte. Zwei dunkle Gestalten näherten sich unserem Hause, hielten vor einem Baum und sprachen miteinander. Ich erkannte die Stimme meiner Mutter. Sie war aufgeregt und wiederholte immer wieder: „Ich liebe dich, du bist mein größter Schatz, nimm mich, nimm mich." Die Beiden schmusten, Mama lehnte sich an den Baum, er streifte ihr Kleid hoch, mehr wollte ich nicht sehen. Ich flüchtete in unsere Wohnung, legte mich zu Bett und konnte nicht schlafen. Am nächsten Morgen war Mama fröhlich und trällerte vor sich hin. Ich aber war bitter enttäuscht. Sie hatte mich belogen, ich war nicht ihr einziger Schatz, sie hatte viele. Ich konnte und wollte sie nicht verstehen und war auch noch zu jung dafür. Fortan hasste und liebte ich sie, ich bewunderte und verachtete sie, ich fühlte mich an sie gebunden und zugleich abgestoßen. Und diese innere Zerrissenheit zu ihr von Liebe und Entfremdung zu ihr habe ich bis zum heutigen Tage nicht überwunden, obwohl meine Episode nicht Ihre existentielle Dramatik hat. Ich habe mit Mama auch nie darüber gesprochen. Auch nicht, nachdem ich das Urteil von ihrer Vergewaltigung und meiner Zeugung gelesen hatte. Sie konnte wohl nicht anders. Heute ist mir bewusst, dass das Bedürfnis, mit einem Menschen eins zu sein, ein frommer Wunsch ist. So wächst nur im Traum das Glück, wie die Äpfel auf den Bäumen im Garten Eden. Glücklich darf sich schätzen, wer einen Menschen getroffen hat, der ihm Treue und Verlässlichkeit hält und damit ihm das Gefühl der Geborgenheit sichert. Ich habe es bei Ihnen gefunden.“

Der Schalk sprang aus ihren Augen.

„Lieber Herr Secundus, wie schade, dass uns die körperliche Liebe versagt bleibt.“

Dr. Secundus überhörte ihre Provokation, obwohl bei ihren Worten Wehmut in sein Herz sich schlich. Er knüpfte an seine letzte

Frage an, sprach entgegen seiner Gewohnheit geschwollen und vermied damit, seine innere Rührung zu zeigen.

„Ja, der Sexualtrieb ist kurzweilig und der Appetenz-Aversionskonflikt ist eine allzu menschliche Erfahrung. Die Meißelschläge des Lebens hinterlassen bei jedem tiefe Narben. Meine Untaten bewegten mich über lange Zeit. Ich bereute sie und hatte Schuldgefühle und versuchte, sie im Knast mit Arbeit und Beschäftigung zu überwinden. Vergeblich. Ich kann erst heute frei darüber sprechen. Im Gefängnis wurde ich ein Jahr als Hausarbeiter eingesetzt, im zweiten Jahr als Industriearbeiter, im dritten Jahr wurde mir genehmigt, das Fernstudium der Informatik und Physik aufzunehmen. In mir festigte sich in dieser Zeit die Idee, dass ich etwas für die Menschheit tun muss, um meine Schuld zu tilgen. Den Pflegeberuf weiter auszuüben, war mir verboten worden. Ich wollte auch nicht mehr Gott entmachten, ich wollte sühnen und glaubte, für immer das Recht verspielt zu haben, glücklich sein zu dürfen. Mein Bestreben war nun, mit Hilfe der Wissenschaft die Geheimnisse des Lebens zu entschlüsseln, um allen Menschen helfen zu können. Ich büffelte Tag und Nacht, vergaß darüber meine Situation und erwarb nach vier Jahren den Master. Eine vorzeitige Entlassung aus der Haft lehnte ich ab, ich nutzte die verbliebene Strafzeit und promovierte nochmals, diese Mal auf dem Gebiet der Informatik."

Lydia unterbrach ihn.

„Sind Sie im Knast keinem Menschen begegnet, mit dem Sie sich austauschen konnten?"

„Doch ja, er hieß Martin und seine Geschichte ist traurig. Im Knast hört man nur traurige Geschichten. Die Beamten hatten mich gebeten, ob ich damit einverstanden sei, dass ein junger Gefangener in meine Zelle vorübergehend verlegt werde, der wiederholt Suizidversuche unternommen habe. Man vertraue mir und glaube, dass ich ihn psychisch stabilisieren könne. Zwei Tage lang sprachen Martin und ich kein Wort miteinander. Ich wagte nicht, ein Gespräch mit ihm aufzunehmen. Er hatte prüfende Augen und verschwiegene Lippen. Seine Bewegungen waren fließend und weich, seine Schultern ausladend und kräftig, sein Becken breit ausladend, seine Oberarme muskulös und stämmig.

An einem Sonntag, der Himmel war blau und die Sonne schien, wir aber saßen im Schatten der kleinen Zelle, nahm ich ein Buch aus der Anstaltsbibliothek, es war verstaubt und verschlissen, zur Hand und las von einem Georg Trakl laut die Geschichte „Prosa“ vor. Es handelt von Schuld und Pein, die kein Sturm von unserer Seele hinweg tosen kann, bis zu jenem Augenblick, ich zitiere:

„Da ich in den dämmernden Garten ging, und es war die schwarze Gestalt des Bösen von mir gewichen, umfing mich die hyazinthene Stille der Nacht; und ich fuhr auf gebogenem Kahn über den ruhenden Weiher, und süßer Frieden rührte die steinerne Stirn mir. Sprachlos lag ich unter den alten Weiden und es war der blaue

Himmel über mir, und voll von Sternen; und da ich anschauend hinstarb, starben Angst und der Schmerzen tiefster in mir."
An dieser Stelle rief Martin:
„Halt ein, halt ein. Ich will Dir meine Not beichten. Ich bin ein gewünschtes Kind, aber als Knabe nicht gewollt. Meine Mutter hatte sich seit Jahren ein Mädchen gewünscht. Man gab mir den Namen Martin, meine Mutter aber nannte mich nur Martina. Sie ließ meine lockigen Haare lang wachsen, zog mir Mädchenkleider an, beschenkte mich mit Puppen, hielt Jungen von mir fern, verbot mir die Teilnahme an Knabenspielen. Erst als ich zum Gymnasium wechselte, wurde mein angeborenes Geschlecht bekannt. Durch Intervention von Schule und Jugendamt wurde ich als männlich geführt. Hatte nun Männerkleidung zu tragen, musste die Toiletten für Jungen aufsuchen und wurde mit Martin gerufen. Im Elternhaus blieb ich Martina, wurde verwöhnt und geliebt und nach wie vor als Mädchen behandelt. Die Mädchen meines Alters

mochten mich, weil ich schüchtern war und niemals aufdringlich, ihre Späße verstand und mit ihnen kicherte. Die Jungen gaben mir den Spitznamen Waschi, was von Waschlappen kommt und gingen mit mir sehr grob um. Mit 16 Jahren geriet ich in eine Zwickmühle. Ich bekam den Stimmbruch, befriedigte mich selbst, herzte ein Mädchen und war in sie verliebt. Zugleich kannte ich einen älteren Bekannten, von dem ich geliebt werden wollte. Mit 19 Jahren besuchte ich mit einem gleichaltrigen Kameraden ein Freudenhaus und war erstaunt, wie viel Vergnügen ich bei der Prostituierten hatte. Ich befreundete mich mit ihr und war in dieser Beziehung eigentlich glücklich. Nach dem Abitur trat ich eine Ausbildung zum Bankkaufmann an. In meiner beruflichen Tätigkeit lernte einen zehn Jahre älteren Immobilien- und Finanzmakler kennen. Er war charmant, hinreißend und sehr intelligent. Ich bewunderte ihn und verliebte mich in ihn und er bejahte mich in meiner Art. Das Gefühl, in einem falschen

Körper zu leben, verstärkte sich bei mir. Ich konsumierte massenhaft weibliche Hormone, in meiner Freizeit staffierte ich mich mit Büstenhalter und Damenunterwäsche aus, denn er mochte es.
Mein größter Wunsch war, ihm eine treuliebende Frau zu sein. Ich gab meine Ausbildung auf, zog zu ihm und konnte mir Lebensfreude und Lebenssinn ohne ihn nicht denken. Wenn wir Meinungsverschiedenheiten hatten und er aus Verärgerung die Wohnung verließ, litt ich unter Unruhe und Spannung, bekam Angstzustände und Migräne, erlag einem Gefühl der Daseinsleere und der Hoffnungslosigkeit. Ich neigte zu unkontrollierten Gefühlsausbrüchen, betrank mich und unternahm Suizidversuche, nicht, um zu sterben, sondern um ihm zu zeigen, dass ich ohne ihn nicht leben kann. Nach einem solchen Drama ließ mich mein Partner in die psychiatrische Abteilung eines Krankenhauses einweisen. Dort erklärte mir ein Psychiater, dass ich ein Transsexueller sei. Meine weibliche Seele

sei in einem männlichen Körper gefangen und dränge nach Befreiung. Er schlug mir eine operative Geschlechtsumwandlung vor.

Ich konsultierte einen weiteren Psychiater und einen Sexologen, die die gestellte Diagnose bestätigten und ebenfalls den operativen Eingriff empfahlen. Nur ein Psychologe warnte mich vor meinen illusionären Erwartungen und sprach vom wissenschaftlichen Unsinn, den man von dem Geschlechtswechsel erwarte. Ich ließ mich operieren, mein Lebenspartner und ich waren voller Freude und vergaßen über das neue Glück, mich als weiblich registrieren zu lassen. Nach einem Jahr wurde mir bewusst, dass ich keine Frau bin.

Ich war 24 Jahre alt, bekam keine Monatsblutung, konnte nicht empfangen, kein Kind austragen, es nicht gebären, nicht nähren und nicht umsorgen. Ich sah mich als eine Wüste an, unfähig, Leben zu schenken. Ich war aber auch kein Mann, hatte meine Männlichkeit zum Ruhm der Chirurgen verschleudert und war zeugungsunfähig. Ich war ein Mensch im Niemandsland des Nichts, ohne Zukunft, ohne Hoffnung, ohne glückliche Momente. Ich empfand mich vom Schicksal gezeichnet und meinte, ein Kainszeichen sei auf meine Stirn geschrieben und jeder könne die mysteriösen und unsichtbaren Runen entziffern. Welcher Bannfluch ist mir in die Wiege gelegt worden? Ich habe mich bemüht, das Böse von mir abzuwenden. Ich habe mich eingeschlossen, Kontakte vermieden, habe nicht betrogen und nicht gelogen. Und lebte in ständiger Angst, mein Partner könnte mich verlassen, mich, ein Nichts, der zu nichts taugt. Ich krankte schrecklich und keiner bemerkte es. Ich bin zerstört worden von Ärzten, die überzeugt sind, seelische Nöte durch chirurgische Eingriffe oder durch Medikamente beheben zu können, ihre Versprechen aber nicht einlösen können. Eines Tages kam mein Partner nach Hause. Er müsse mir etwas gestehen. Ich erstarrte und dachte, er will sich von mir trennen. Sein Gesichtsausdruck war ernst. Er holte weit aus. Er liebe mich über alles, er habe bisher auch alles für mich getan. Nun aber befinde er sich in einer schrecklichen Notsituation und bitte um meine Hilfe. Er habe Schulden, wenn er sie nicht in einer Woche begleiche, drohe ihm die Inhaftierung und ein Gerichtsverfahren. Es gebe nur einen Ausweg, er sei leicht und sicher zu beschreiten. Ein Klient habe für acht Millionen eine Immobilie erworben, davon würden 7,2 Millionen regulär abgewickelt und überwiesen, 800.000 aber schwarz von Hand zu Hand überreicht. Dieses Geld lagere im Büro seines Klienten in einem Tresor. Mein Partner sagte, er sei im Besitz der Schlüssel von Büro und Tresor, habe sich mit seinem Klienten für den nächsten Abend zu einem Essen verabredet und in dieser Zeit könnte ich ohne Mühe und ohne Gewalt das Geld holen. Es sei nicht mehr als ein Spaziergang. Ich erschrak und war bereit, ihm diese Gefälligkeit zu erweisen. Ich stellte keine Fragen, äußerte keine Bedenken und wagte nicht zu widersprechen. Ich fürchtete nur, wenn er mir meine Zweifel an meinen großen und angstvollen Augen ablesen würde, dass er erklären würde, er müsse sich einen anderen Partner suchen. Die Angst, von ihm verstoßen zu werden, erfasste alle meine Fasern. Sie schlich sich durch alle Ritzen, kam durch das Schlüsselloch gekrochen, wehte durch das geöffnete Fenster, versteckte sich hinter Straßenecken, lauerte auf den Gassen, tat sich kund in den Nachtgeräuschen, ließ mich nicht schlafen. Den Einbruchsdiebstahl wickelte ich reibungslos ab. Als ich die Bürotür vom Tatort zuschlug, das viele Geld in einem Aktenkoffer bei mir trug, begegnete mir auf der Treppe eine alte Dame. Sie äußerte wohlwollend und erstaunt, dass zu solch später Stunde im Büro noch gearbeitet werde. Ich ließ mich auf kein Gespräch ein, stürmte an ihr vorbei, rempelte sie dabei an und sie fiel die Treppe hinunter. Sie ist an den Folgen des Sturzes verstorben. Nun antworte mir. „Ist das Leben nicht Schrecken und Finsternis? Gift und Wahnsinn? Gelenkt

von einer diabolischen Macht?"
Lydia, ich fand zunächst keine Antwort auf
seine Frage. Zu intensiv spiegelte sein Leben
mein eigenes wieder, seine Gedanken meine eigenen. Dann rezitierte ich einen Vers,
der mir gerade einfiel:

Immer hin und wieder
Immer auf und nieder
Zwischen glücklichen und dunklen Tagen
Zwischen Sieg und beschämenden Versagen
Tat mir der Wind das Glück zuwehen
Es glitzerte kurz
und war bestimmt zu vergehen.

Ich legte das Buch beiseite, wir schwiegen
und hingen unseren Gedanken nach. Und
wurden Freunde. Martin wurde vor mir
aus der Strafhaft entlassen. Wir schrieben
uns Briefe, fast täglich. Wir hatten uns
viel zu sagen. Ich ermutigte ihn, sich für
eine gute Sache zu engagieren. Nach gut
einem Jahr erhielt ich ein sehr kurzes
Schreiben von ihm.
„Adam, mir träumte, ich falle von einem

Baum. Ich lag auf der Erde, konnte mich nicht rühren und Laub bedeckte mich. Es kam ein wildes, übergroßes Tier, scharrte mit den Füßen und machte sich daran, mich zu vertilgen. Es riss sein Maul auf und bleckte mit den Zähnen. Ich roch den Gestank aus seinem Rachen und hörte meine eigenen verzweifelte Schreie. Ich weiß, das ist mein Ende. Gedenke meiner. In Liebe, Martin."

Zwei Tage später teilte man mir mit, dass er sich das Leben durch eigene Hand genommen habe. Nachts, wenn keiner mich in meiner Zelle sehen oder hören konnte, vergrub ich mich in das Bettkissen und weinte. Er war mir wie ein Bruder."

Dr. Secundus atmete tief ein, schluckte und fuhr nach einer kurzen Pause fort: „Lydia, das war mein einziger Freund.

Ich möchte aber nicht den Faden unseres Gespräches verlieren. Nach meiner Haftentlassung mietete ich mir von meinem Übergangsgeld in München eine kleine Wohnung und bemühte mich vergebens bei der Universität und Firmen um eine

Anstellung. Sobald ich mein Vorleben offenbarte, teilte man mir mit Bedauern mit, dass ich für den annoncierten Job nicht geeignet sei. Nach einem halben Jahr resignierte ich, schrieb keine Bewerbungen mehr und verselbstständigte mich. Ich gründete eine Firma, der ich den Namen KI Secundus gab, also Künstliche Intelligenz Secundus. Ich war zu dem Entschluss gekommen, dass ich alles tun muss, das Leben von Menschen zu verlängern, ihren Verfall aufzuhalten und dem Tod paroli zu gebieten. Ich entwickelte Software und die dazugehörige Hardware, ließ mir eine Vielzahl von Erfindungen patentieren und war überaus erfolgreich. Wie der Firmenname bereits nahelegt, war mein Ziel, Computer so zu programmieren, dass sie in der Lage sind, über Roboter das Spektrum der anfallenden täglichen Tätigkeiten des Menschen zu übernehmen, also Rasen mähen, den Garten umgraben, Betten machen, Auto fahren, Gäste bedienen, Käufe erledigen und so fort. Sie sollten den Kranken und Gesunden dienen und helfen, ihnen das Leben zu erleichtern. Ich gab meinen Robotern eine menschliche Gestalt und ein menschliches, ausdrucksfähiges Gesicht, ich ließ sie sprechen und befähigte sie zu einem small talk. Du hast in meinem Hause Franz, den Hausdiener, und den Gartenarbeiter erlebt. Sie sind mir widerspruchsfrei untertan und entlasten mein Leben. Aber sie sind Produkte einer bereits vergangenen Zeit. Die Leistungsfähigkeit der Prozessoren wurde von mir in rasender Geschwindigkeit gesteigert. Die Forschung stieß in das Exascale-Zeitalter vor. „Flops" bezeichnet die Anzahl der Rechenoperationen, die ein Gerät in einer Sekunde ausführen kann. Exa steht nach Kilo, Mega, Giga, Tera und Peta für zehn hoch 18, das ist eine Milliarde mal eine Milliarde, also eine Trillion Flops pro Sekunde. Vor der Zeitenwende bewegten sich die Computer im Takt der Bits und Bytes, nun arbeiten sie im Graubereich der Quantenbits. Es sind winzig kleine Speichereinheiten, die unendlich viele Zustände gleichzeitig annehmen.

Sie zeigen eine „1" und gleichzeitig eine „0" an, arbeiten also nicht im Modus Entweder-Oder, sondern im Sowohl-als Auch-Modus, sie verifizieren beziehungsweise falsifizieren in einem Atemzug die Annahme unterschiedlichster Entscheidungen. Mit diesen Quantencomputern ist das Unmögliche möglich geworden und selbst viele Fachleute geben zu, dass mit dem Menschenverstand die Quantenmechanik nicht zu verstehen sei. Soweit, liebe Lydia, meine unzulänglichen Erklärungen zu meiner beruflichen Arbeit. Meine Firma expandierte und ich wurde ein reicher Mann. Man zeichnete mich mit vielen Preisen aus. Ich erhielt aus der Hand des Bundespräsidenten den Großen Verdienstorden und so manche Ehrung. Ich gestehe auch, dass an jeder Erfindung von mir der Zufall seinen Anteil hat. Mir war der Zufall gnädig gesonnen. Diese Einsicht gehört zur Redlichkeit eines Wissenschaftlers. Meine Erfolge verleiteten mich zur Annahme, dass mein

Schicksal als Personifikation des Unheil-
bringers abgewendet worden sei, weil
meine Erfindungen segensreich wirkten.
Und nun habe ich Appetit auf eine ge-
grillte Forelle und Durst auf ein gutes
Glas Wein. Das Gespräch belastet mich
und ich möchte es zu einem späteren
Zeitpunkt fortführen. Ich kenne nicht weit
von hier eine Dorfschenke, die Wirtin ist
die Köchin. Sie bereitet einfache Speisen
auf alte Weise zu. Dort bekommen wir,
was mein Herz begehrt. Auf geht es."
Das ungleiche Paar schlenderte zum
Wirtshaus. Lydia meinte, es sei Zeit,
etwas Spaßiges zum besten zu geben.
„Ich habe eine Geschichte gehört, sie ist
unglaublich. Ein junger Pfarrer hatte vor
seiner Einstandspredigt wahnsinniges
Lampenfieber. Der Tag der Bewährung kam
immer näher und seine Aufregung wuchs.
Er ging zu einem Psychologen und fragte,
was er gegen sein Lampenfieber tun könne. Der Psychologe empfahl ihm, die Predigt vor dem Spiegel noch einmal zu üben
und bei jeder Stelle, an der es hapere, ein-

en Schnaps zu trinken. Der Kaplan tat, wie ihm geheißen und musste nur 13 mal das empfohlene Beruhigungsmittel einnehmen. Er fühlte sich danach stark und wandte das probate Mittel am Prüfungstage an. Davon gestärkt, hielt er frei und unbekümmert seine Predigt und bekam von seiner Zuhörergemeinde standing ovation. Der Psychologe zeigte sich ebenfalls begeistert von seinem Vortrag, brachte aber einige inhaltliche Korrekturen an. Der Pfarrer solle zukünftig Versprecher vermeiden, denn sie entlarvten seine unterdrückten Wünsche. Eva habe den Adam nicht mit der Pflaume, sondern mit dem Apfel verführt. Kain habe seinen frömmelnden Bruder Abel nicht mit der Hostienschale erschlagen, sondern mit einem dicken Ast. Und das nicht bei der Heiligen Kommunion, sondern bei einem Streit - während des Grillens. Christus habe nicht Bergprüderie, sondern in der Bergpredigt Glaubensgrundsätze verkündet. Jesus sei auch nicht auf einer Kreuzung überfahren, sondern sei ans Kreuz geschlagen worden.

Gott habe seinen Sohn nicht Eingeboren-
en, sondern seinen eingeborenen Sohn
geopfert. In der Bibel werde auch nicht von
einem schmackhaften Berliner, sondern
von einem barmherzigen Samariter berichtet. Es heiße auch nicht, verführe mich
nicht beim Besuch, sondern führe mich
nicht in Versuchung. Es heißt auch nicht,
Jesus beendete die Schicht, sondern Jesus
meine Zuversicht. Und zum Schluss sagen
Sie bitte nicht Prost, sondern Amen.“
Dr. Secundus konnte ein Lächeln nicht
unterdrücken und ging bereitwillig auf
Lydias Tonlage ein:
„Ja, so amüsiert sich das gemeine Volk.
Es steht über den Dingen. Witze sind die
unerwartete Umkehr der Welt, sind das
Paradoxon und das Gegenteil des Selbst-
verständlichen. Das Große wird über-
raschend klein, das Heilige profan, das
Grausige lustig, das Kluge dumm, das
Dumme klug und so weiter. So entlarvt
der kleine Mann die Götter, lacht sie und
sich selbst aus. Vor allem aber machen
sie die Widersprüchlichkeit unserer Exis-

tenz sichtbar und veranschaulichen das Absurde in erheiternder Weise...
Ich bevorzuge kurze Witze. Beispiel.
Treffen sich zwei Jäger. Beide tot. Oder. Warum meiden Fliegen die Kirche? Sie sind In-sekten."
Lydia und Dr. Secundus überboten sich im erzählen von Witzen. Ausgelassen und beschwingt erreichten beide die Gastwirtschaft. Dr. Secundus war hier wohlbekannt und wurde freudig begrüßt. Der Wirt fragte:
„Her Doktor, das gleiche wie immer?"
„Ja und meiner Begleiterin, was sie sich wünscht. Was hat Ihre Frau heute gezaubert? Ich dachte an eine Forelle, frisch vom Bach. Was empfehlen Sie uns?"
„Kalbsfilet mit Pfifferlingen und Kartoffelklößchen."
„Gut, das nehmen wir beide. Und natürlich meinen Wein dazu."
Der Wirt servierte eine Flasche Grauburgunder. Er füllte die Gläser, der Doktor kostete und nickte.
„Komm Lydia, lass uns die Gläser leeren,

es ist ein schöner Tag und ich habe großen Durst. "

Er trank gierig drei Gläser und aß mit Genuss. Dann bestellte er eine zweite Flasche, wurde redselig und froh gestimmt. Lydia erhob sich schließlich, ihr Freund war angetrunken. Sie hakte sich bei ihm ein und so traten sie leicht schwankend den Heimweg an. Dr. Secundus fragte:

„Darf ich Dir einen unvollendeten Text vorsagen, den ein gewisser Hölderlin vor über zweihundert Jahren gedichtet hat? Der Text ist altmodisch und passt nicht in die Gegenwart. Er kommt mir jetzt gerade in den Sinn. "

Ohne ihre Antwort abzuwarten, rezitierte er laut und ohne zu stocken:

Nur einen Sommer gönnt, ihr Gewaltigen!
Nur einen Herbst zu reifem Gesange mir,
Dass williger mein Herz, vom süßen
Spiele gesättigt, dann mir sterbe!

Die Seele, der im Leben ihr göttliches Recht
Nicht ward, sie ruht auch drunten im

Orkus nicht;
Doch ist mir einst das Heil'ge, das am Herzen mir liegt, das Gedicht mir gelungen:

Willkommen dann, o Stille der Schattenwelt!
Zufrieden bin ich, wenn auch mein Saitenspiel
Mich nicht hinabbegleitet; einmal
Lebt' ich, wie Götter, und mehr bedarf's
nicht."

Nach einer Atempause fügte er hinzu:
„Hölderlin war geisteskrank, als er das schrieb. Kein Mensch weiß, ob das Leben nach dem Tode verwandelt wird. Er hat das Sterben nicht von sich geschoben, er hatte keine Lust auf Ewigkeit, die die meisten Menschen als Leben ohne Sorgen, Arbeit und Belastung verstehen. Er wollte nur den erfüllten Augenblick, den Zustand, in dem sich Zeit und Ewigkeit im Hier begegnen, erleben. Heute habe ich eine Ahnung davon erfahren."

IV

Lydia hatte das Studium erfolgreich abgeschlossen und eine Anstellung als Oberstufenlehrerin in München gefunden. An einem nebligen Regentag hielt sich das ungleiche Paar auf einer Bank in der Schack-Galerie in München vor dem Bilde „Der Traum des Gefangenen" von Moritz von Schwind auf. Lydia liebte die Romantiker. Das Bild löste ihre Zunge. „Es erinnert mich an meine Situation. Ich bin gefangen in der Gegenwart und träume den Traum von einer besseren Zukunft. Wie großartig sind in den Märchen, Mythen und Sagen das Empfinden der Menschen erfasst und gemalt worden. Das bedrohliche Waldesdunkel, die blühenden Blumen und ziehenden Wolken, der geheimnisvolle Mondschein, die Ruinen von Burgen und Klöstern, all das berührt mich sehr. Wir glauben vieles ohne zu wissen, ob es wahr ist. Ich bin überzeugt, dass dieses Bild die Enge unseres Daseins darstellt. Es fordert meine Sehnsucht nach Freiheit heraus. Bilder meiner Vergangenheit tauchen auf. Meinen Vater kenne ich nicht, meine Mutter war streng, sehr streng. Sie tadelte mich ständig. Als Kind war ich zu laut und zu jungenhaft, als Schulmädchen waren meine Noten nicht gut genug, ich half zu wenig im Haushalt, ich kleidete mich in der Pubertät zu unsittlich, meine Freunde waren ihr nicht passend, mein Verhalten schien ihr aufdringlich, meine Wünsche unbescheiden zu sein. Sie hatte immer etwas an mir auszusetzen. Heute weiß ich, dass ihr Erziehungsstil Ausdruck ihrer Liebe zu mir war. Sie kannte es nicht anders und heute akzeptiere ich, dass es keine Freiheit ohne moralische Zwänge gibt. Ich zog mich nach dem nächtlichen Ereignis von ihr zurück, lebte in Traumwelten und baute mir Luftschlösser. Ich wagte nichts und hatte ständig Angst, etwas falsch zu machen.

Ich zitterte vor jeder Prüfung und hatte Schweißausbrüche. Selbst wenn ich heute vor meine Klasse trete, bekomme ich Lam-

penfieber. Ich getraute mich nicht, Freundschaften mit Jungen offen einzugehen und verschwieg meine Mutter, dass ich Jungen kannte und wir uns regelmäßig trafen. Ich habe auch Angst vor Ihnen, Dr. Secundus, und weiß noch immer nicht, was uns zusammen hält. Ich kämpfe von Kindheit an mit dem Ungeheuer Angst und stehe ständig in Gefahr, die Freude am Leben zu verlieren. In meiner Not hoffe ich auf Widerhall und höre nur Stille. Sehen Sie, wie faul, träge und verloren der Gefangene in seiner Zelle liegt. Aber es geht ihm gut, er leidet keine Not. Er tröstet sich mit Fantasien und hat sich mit seinem Schicksal abgefunden. Das ist nicht meine Befindlichkeit. Ich stelle mir oft die Frage, wozu und warum bin ich auf der Welt. Es ist die Sinnfrage. Ich weiß, wer nach dem Sinn des Lebens fragt, wird keine befriedigende Antwort erhalten.
Es ist vielleicht vernünftiger, diese Frage nicht zu stellen und nur den täglichen Aufgaben nachzugehen. Aber ich kann mich mit dem Gegebenen nicht abfinden

und werde mich auch weiterhin um Erkenntnis bemühen. Dieses Ringen macht mich nicht unglücklich, es wäre mir aber unerträglich, meine Zelte in einer trostlosen Wüste aufschlagen zu müssen, um mich dort mit Kamelen zu unterhalten. Mich nur für eine Sache zu engagieren, nur für einen Menschen zu sorgen, nur eine Idee zu vertreten, mich nihilistisch abzuschirmen, ohne mit tiefstem Staunen das Unsichtbare und Versteckte zu entdecken und das Wesen der Welt zu erkunden. Leben ist für mich Dabeisein in allen seinen Erscheinungen. Ich spüre meine Kraft und bin überzeugt, dass ich irgendwann einen kleinen Teil von Weisheit am Schopf zu fassen bekomme. Ich werde ihn nicht mehr loslassen. Ja, ich bin das Licht, betrachten Sie das Bild, sehen Sie nur genau hin, hinter den Wolken lugt es hervor. Es kündet einen strahlenden Tag an.“

Lydias Augen leuchteten. Sie wurde hingerissen von ihrem jugendlichen Optimismus und konnte ihre hochfliegenden Gefühle nicht verbergen.

Dr. Secundus blieb besonnen.

„Sie sind in einer kleinbürgerlichen Welt aufgewachsen und haben sich dort verwurzelt. In solcher Umwelt ist alles ursprünglich, unmittelbar und erdverhaftet. Man lebt in Selbstverständlichkeiten. Da wird nicht nach dem Sinn von Sein und nicht nach dem Sinn der eigenen Existenz gefragt. Doch später, mit dem Verlust der Geborgenheit und des Schutzes, stellt sich eine andere Gestimmtheit ein. Es ist die Angst, die mit seelischen Störungen verbunden ist, die Angst, vereinzelt in der Welt zu sein. Es ist das Gefühl von Bodenlosigkeit und Nichtigkeit des eigenen Seins und alles Seienden. Es bedarf eines langen Reifeprozesses zu erkennen, dass weder die Vorstellung vom metaphysischen Sein oder vom Nichts existentiell bedeutsam ist. Für den Menschen gibt es nur ein endliches, zeitliches und konkretes Dasein, dessen Sinn darin liegt, die individuellen Möglichkeiten voll auszuschöpfen und damit das eigene Leben zu gestalten.

Das ist das Fundament von Zufriedenheit.“ Lydia wies auf ein anderes Bild, so, als hätte sie die Replik von Dr. Secundus nicht gehört.

„Dort hängt eine heroische Landschaft mit Wiesen, Wäldern, Bergen und einem kühnen Himmel. Ich sehe unsere Erde und alles, was an Segen über den Erdkreis ausgegossen ist. Über den Erdkreis wölbt sich ein Regenbogen, das Versprechen Gottes, ich habe mit euch einen Bund geschlossen, nie wieder sollen Wesen aus Fleisch und Blut ausgerottet werden. Welch eine Täuschung des Malers. Kühe weiden zwar friedvoll auf der Alm oder liegen und käuen wieder. Sie wissen nicht, dass sie geschlachtet werden sollen und lobpreisen ihren gütigen Herrn. Und dort, die Schneehühner, wir haben sie schon längst ausgerottet. So absurd ist das Leben, ist unser Leben. Wir werden immer getäuscht, zu allen Zeiten und an allen Orten. Hier das Versprechen, verpackt in schönen Bildern, dort, hinter den Kulissen, die raue Wirklichkeit. Dr.

Secundus, helfen Sie mir, wie sehen Sie die Dinge? Darf man über Moral nachdenken? Oder über die Welt, wie sie wirklich ist? Oder wäre das ein Attentat auf unsere Ordnung, das bestraft werden muss?"
Dr. Secundus schwieg. Ihre Stimmungswechsel verblüfften ihn. Sie fasste sein Schweigen als Aufforderung auf, von sich weiter zu erzählen.
„Ich habe einen sehr netten Kollegen. Er unterrichtet Sprachen. Er hat schwarze Haare, einen dunklen Teint und feurige Augen. Ich merkte, dass er sich für mich interessiert. Er gefiel mir und ich ihm wohl auch. Wir trafen uns am letzten Sonntag und gingen im Stadtpark spazieren. Er schien mir ein strahlender Held zu sein. Die Bäume wiegten sich im Walzertakt. Mein Herz schlug heftig, ich war sehr aufgeregt. Weil ich nicht wusste, was man bei einem solchen Treffen sagt, begann ich daher zu reden, was mir gerade einfiel.
Ich erklärte ihm, dass in der Romantik alles weltfremd und doch jedem Menschen bekannt, anziehend und berührend ist. Es

ist die absolute Innerlichkeit, die als wahrer Inhalt in der Kunst der Romantik thront, die Flamme der Subjektivität, die alle Götter entthront und das Natürliche, das endliche menschliche Dasein als göttliche Subjektivität erscheinen lässt und damit das wahrhaft Absolute erfahrbar macht. So durchschreiten wir die unermesslichen Räume des Himmels und gelangen doch immer wieder zur Erde zurück. Nun, mein Kollege schaute mich befremdet an und ich verstand, dass ich wieder etwas falsch gemacht hatte. Aber was? Das Blut schoss mir in den Kopf und ich konnte nicht mehr klar denken. Warum bin ich nur immer so abgehoben? Mein Kollege begann mich auszufragen. Ob ich einen Freund oder Partner hätte, mit wie viel Jahren ich zum ersten Male mit einem Mann geschlafen hätte, welche Praktiken ich beim Verkehr bevorzuge, wie ich verhüte. Er liebe die Abwechslung, möge eng gebaute Frauen, habe einen langen Penis, was manche Frauen mögen, andere wiederum quäle. Seine Partnerinnen finde er ge-

wöhnlich übers Internet, er wechsle sie
öfter. Er sprach so, wie man am Ende des
20. Jahrhunderts die Emanzipation von
Tabus verstanden und damit das Geheimnis der Liebe verscheucht hatte.
Distanzlos, ordinär, entgrenzt. Wir leben
aber im 21. Jahrhundert und haben alte
Wertvorstellungen reanimiert. Ich sagte,
ich hätte einen sehr alten Freund, den ich
sehr gern habe, sei aber noch niemals
mit einem Mann oder einer Frau intim
geworden. Da platzte es aus ihm heraus,
er schüttelte sich vor Lachen und stieß
stoßweise hervor, eine Jungfrau mit 23
Jahren, oh Gott, mit 23 Jahren. Ich drehte
mich um und ließ ihn zurück. War seine
aufdringliche Frechheit Verlegenheit, war
seine Prahlerei Geltungsbedürfnis?
Wissen Sie, Herr Dr. Secundus, mir ist ja
bekannt, dass heute Beziehungen zwischen
Männern und Frauen als freie oder häufig
wechselnde Partnerschaften gestaltet werden. Man argumentiert, Mann und Frau
seien emanzipiert und selbstbestimmt und
hätten keine Verantwortung dem Partner

und dem gemeinsamen Kind gegenüber. Die eventuellen Pflichten aus solchen Beziehungen würden dem Staat obliegen. Die Menschen lehnen ab, wozu sie sich entschieden haben und von Natur aus berufen sind. Ich kann es nicht nachvollziehen.“

Dr. Secundus trat zum Bilde, betrachtete es längere Zeit und kehrte zur Ruhebank zurück.

„Ich glaube, Sie leben in Teilen wie dieser Gefangene allein und abgeschlossen von der realen Welt. Ein Philosoph hat den Aphorismus geprägt: Erst kommt der Glaube, dann seine Wahrheit. Will heißen, wir haben eine Überzeugung, eine Idee, eine vorgegebene Meinung und deuten und nehmen die Welt in diesem Sinne wahr und versuchen erst im Nachhinein, dafür die Beweise zu liefern. Ihr Kollege handelt wohl nach der Devise, erst die Liebe, dann die Tugend. Das ist durchaus zeitgemäß und auch allzu menschlich. Sie halten sich wohl an die umgekehrte Reihenfolge, erwarten Vernunft gesteuertes Verhalten. Wie von einem Arzt, der zuerst die Befunde erhebt, bevor er die Diagnose stellt. Und Sie sollten bei Ihrer Einstellung bleiben, erst zu prüfen, wer der Mann ist, dem Sie ihre Liebe schenken wollen. Aber das ist die Einstellung eines alten Mannes, der in der Spanne zwischen 80 und dem Tode lebt und der den Handlungsdruck der Jugend nicht mehr hat und vulkanische Triebausbrüche nicht mehr nachvollziehen kann."

Lydia senkte den Kopf und vergewisserte sich schüchtern:

„Dann habe ich mich wieder einmal falsch verhalten?"

„Nein, nur aufrichtig und ehrlich und damit anders als viele Wissenschaftler. Sie sind stark. Ich selbst habe mich zu oft getäuscht, mich verrannt und wie ein Tor verhalten. Ich wusste es und gestand es mir nicht ein."

„Sie haben mir schon so viel anvertraut und mich sehr neugierig gemacht. Ich wünsche mir, noch mehr von Ihnen zu erfahren. Ich gestehe, ich kann meine Neugier nicht zügeln.“

Dr. Secundus wiegelte ab.

„Haben Sie ein wenig Geduld. Die Tage sind kurz, ich schlage vor, dass wir uns in vierzehn Tagen bei mir zu Hause treffen. Ich werde mich ungeschützt offenbaren, will mich aber noch etwas vorbereiten. Heute haben wir einen regnerischen und trüben Tag. Da schießen bei mir Gefühle der Verlassenheit wie Pilze aus dem Boden. Ich bin griesgrämig und sage vieles nicht, woran ich gerade denke. Können wir uns vertagen?“

V

Sie saßen vor dem Kamin, tranken Glühwein, aßen Schnittchen, unterhielten sich über dieses und jenes und ließen sich vom Roboter Franz bedienen. Schließlich griff Dr. Secundus zu einem kleinen Heftchen, schlug es auf und begann vorzutragen.

„Ich habe mir nach unserer letzten Begegnung Stichworte gemacht, um meine Gedanken geordnet vortragen zu können. Die Überschrift heißt: Der Irrsinn ist beim einzelnen etwas Seltenes, in der Politik und der Wissenschaft dagegen die Regel. Sie erinnern sich, dass ich nach meinem Gefängnisaufenthalt auf dem Gebiet der Digitalisierung und der Programmierung von Computern für Alltagsaufgaben sehr erfolgreich war. Es gelang mir, neben anderen großen Forschungsinstituten, Computer zu befähigen, Smalltalks zu führen, Aufträge zu verstehen und zu erledigen. In mühevoller Kleinarbeit fütterte ich Computer mit Daten, die nicht nur darauf ausgerichtet waren, einfache Handlungen zu verrichten, sondern auch fähig waren, Menschen und ihre Gefühle zu erkennen, perfekt zu sprechen, die richtige Wortwahl zu treffen, die Regeln des sozialen Benehmens einzuhalten. Dann gelang mir ein großer Wurf. Mein Computer lernte das Lernen. Er wurde intelligent. Er brauchte nicht mehr programmiert werden, er las selbstständig Bücher und zapfte von sich aus eigenständig Wissens- und Erkenntnisquellen an, speicherte sie und begann, Probleme der Medizin, der Philosophie, der Physik und anderer Wissenschaften zu durchdenken, das Ergebnis mitzuteilen und das mit einer unvorstellbaren Schnelligkeit. Ich war fasziniert von den Möglichkeiten dieser Maschine. Mein Traum, für die Menschheit etwas Nützliches und damit Gutes zu erfinden, damit Wiedergutmachung zu leisten, hatte sich erfüllt. Die Fortschritte von Wissenschaft und Technik blendeten mich. Ich war überzeugt, dass unser Fortschreiten und die Beschleunigung von Wissen und

Können zur idealen, seit Menschheitsgedenken erträumte Gesellschaft führen wird, zum visionären Gottesreich. Sozialutopien sind schon immer gedacht worden. Sie entsprangen moralischer Phantasielosigkeit oder politischer Dummheit. Ich aber bewegte mich auf realem Grund. Ich zweifelte nicht mehr an die überlegene Unfehlbarkeit der Maschinen und wurde darin auch bestätigt. Täglich wurden in der Bekämpfung von Krankheit und Alter, in der Erforschung der Materie und des Weltalls, in der Gentechnik und der Biochemie, in der Nanotechnologie und Computertechnologie Erfolge gemeldet. Undenkbares wurde denkbar, Unlösbares wurde lösbar. Wir wurden mit Informationen überschwemmt, erhielten Ergebnisse und verstanden immer weniger die Komplexität und Zusammenhänge dieser Welt. Die Wissenschaftler verloren ihre Autonomie und konnten nicht mehr nachvollziehen, auf welchen Denkoperationen der Computer ihre Entscheidungen beruhten. Die menschliche Erfahrung wurde überholt, ein neues Zeitalter kündigte sich an. Und das alles lief unter dem Namen Künstliche Intelligenz. Das Gesetz des Kapitalismus – maximaler Profit – konnte nun abgelöst werden durch das Gesetz des Sozialismus – maximale Bedarfsdeckung des Einzelnen durch Anwendung der höchsten Technik. Als es mir gelang, ein menschliches Gehirn und seine geistigen Funktionen komplett auf einen Computer hochzuladen, war die letzte Hürde des Erreichbaren genommen. Das ewige Leben wurde Wirklichkeit.

Menschen waren zwar weiterhin körperlich sterblich, aber ihr Denken, ihr Geist, ihre Erfahrungen lebte tausendfach potenziert fort und zwar im Speicher der Computer und war jederzeit in tausendstel von Sekunden abrufbar. Es gab von nun an ein Leben ohne Ende. Ich konzentrierte mich ausschließlich auf die Funktionalität des Gehirns und konstruierte den Computermenschen. Mochte der menschliche Leib altern, siechen und sterben, sein Gehirn entwickelte sich fort, blieb gesund, arbeitsfähig und innovativ. Er lernte und baute seine Fähigkeiten eigenständig zunehmend aus. Er konnte Sprachen, Wissen, Erinnerungen, Kulturtechniken speichern und optimieren, aber auch psychische Störungen, die zerebral bedingt sind, löschen.

Er erreichte eine für uns unvorstellbare Höhe, Breite und Tiefe der intellektuellen Leistungsfähigkeit. Mit der Transformation des denkenden und lebenden Gehirns eines Menschen mittels Prozessoren auf elektronische Schaltkreise gelang es mir also, die menschlichen Gehirnfunktionen auf eine Maschine zu übertragen und eigenständig, unabhängig von jeder biologischen Körperlichkeit zu funktionalisieren. Diesen Vorgang hatten Wissenschaftler vor mir als Transhumanisierung bezeichnet. Ich erkannte sehr schnell den damit verbundenen Nutzen für die Menschheit. Ich dachte zunächst an die Weltraumforschung. Nun war es möglich, den Computermenschen in den Weltraum über Jahre und Jahrzehnte zu

schicken. Der Computermensch braucht nur Strom, er erfasst und sendet ununterbrochen wichtige Informationen, führt Experimente durch, ist mit mehr Sinnen ausgestattet und gegen Alterung und Krankheit weitgehend resistent. Er führt auf Geheiß die anfallenden Aufgaben des Alltags aus und entlastet die Menschen in jeder Hinsicht. Er erstellt die Legalprognosen von Straftätern, die Kreditwürdigkeit von Bankkunden, er sagt zukünftige Lebensläufe und Berufskarrieren voraus.
Er koordiniert Verkehrsströme, erfindet neue Produkte und produziert Filme. Er installiert Kraftwerke nahe der Sonne. Die gewonnene Energie wird drahtlos auf die Erde übermittelt. Unser Energiebedarf wird also Umwelt unschädlich gedeckt. Er überwacht zuverlässig die Menschen und das Umweltgeschehen. Ich ließ die äußeren Ebenbilder der Träger des menschlichen Gehirns von 3-D-Druckern herstellen, nicht unterscheidbar von ihrem lebenden Pendant, und inkomplimentierte ihnen das Wunderwerk. Ich nannte sie Maschi-

nenmensch, Menschcomputer oder Transhumaner. Wenn Du mit ihnen sprichst, kannst Du nicht unterscheiden, ob er Mensch oder Computer ist, weder von seinem Erscheinungsbild noch von seinem Ausdrucksverhalten her. Meinen Diener Franz kennst Du, er ist mein Geschöpf der ersten Generation und noch mit kleinen Macken behaftet. Meine Erfindung bewirkte eine rauschhafte Begeisterung bei den meisten Wissenschaftlern für die neue Technologie. Ich ließ sie patentieren, Konzerne erwarben die Lizenz und ich verkaufte meine Firma, weil der Anwendungsbereich für den Computermenschen so umfassend war, dass er meine finanziellen Möglichkeiten überstieg. Nur Philosophen und Psychologen erhoben Einwände gegen meine Erfindung. Sie kritisierten, dass mit der Verschmelzung und Potenzierung der Fähigkeiten des menschlichen Gehirns mit den Fähigkeiten des programmierten und selbstlernenden Computers ein neues Wesen erschaffen worden sei, das die Existenz und Einmaligkeit des

Menschen gefährde. Sie verdrängten das ursprüngliche und wahre Menschsein. Ihre Warnungen verhallten ungehört, auch ich blieb taub. Der Nutzen des Computermenschen lag auf der Hand. Er dachte wie ein Mensch, speicherte Wissen wie ein Mensch, war schöpferisch wie ein Mensch – und war unsterblich. Der Tod gehörte nicht mehr zum Leben des transformierten Menschen, das jahrhundertelang ersehnte ewige Leben von Religion und Philosophie realisierte sich. Der bisher gültige Kreislauf von Entstehen, Leben und Vergehen hatte keine Gültigkeit mehr, die religiösen Heilsversprechen waren überflüssig geworden. Die Metaphysik hatte ihre Daseinsberechtigung verloren, die Furcht vor dem Alterungsprozess, dem körperlichen und geistigen Verfall des Menschen war hinfällig, die Pfründe der Priesterkaste war altersschwach geworden. Und ich, ich allein, produziert in einem Universitätslabor, Produkt des Fortschritts, Mörder von sechs Menschen, war der Schöpfer dieser Wundertat. Ich hatte der Erde und den Menschen ein neues Gesicht und neue Perspektiven gegeben und den Aufbruch in eine neue Welt ermöglicht. Ich werde zur grauen Asche, aber meine Erfindungen werden fortleben. Alle Menschen sollten davon profitieren, denn ich hatte meine revolutionäre Erfindung für alle Menschen konzipiert. Der Zeitgehalt unserer Epoche hatte sich erschöpft, der Abnutzungsprozess der geistigen Inhalte in unserer Gesellschaft war offenkundig, eine neue Schöpfungsgeschichte musste geschrieben werden, die nichts mehr mit dem naiven Märchen der Bibel von der Erschaffung des Menschen nach Gottes Ebenbild gemein hatte. Wie jeder Künstler hatte ich zuvor die Angst, mein Werk nicht mehr vollenden zu können. Ich hatte den unvorhersehbaren Blitzschlag, der mich vor der Zeit hinwegrafft, befürchtet. Nun aber, nach Vollendung meiner Erfindung, war ich beruhigt, ich hatte mich verewigt. Vorbei die Trübsal. Ich flog in die Höhe und stürzte bald in die Tiefe.

An die Psyche der Mächtigen und Reichen hatte ich nicht gedacht und noch weniger daran, dass die von mir geschaffenen Maschinenmenschen konträre Eigeninteressen entwickeln könnten. Ich verdrängte ihre menschlichen Anteile, dass die Reichen nämlich immer reicher und die Mächtigen immer mächtiger werden wollen und die Gier nach mehr das Lebenselixier des Menschen ist. Die Potentaten und ihre Hintermänner beanspruchten, kaum erfunden, die Transhumanisierung ausschließlich für sich. Sie kamen, boten mir unermesslichen Reichtum an und verboten mir, meine Erfindung in die Öffentlichkeit zu tragen. Sie wollten ganz allein mit ihrem Zweitich und mit einem Computergehirn in einem künstlichen Pseudokörper in alle Ewigkeit weiter leben. Sie wollten Göttermenschen werden und sahen sich bereits am Ziele ihres Größenwahns. Sie hatten dabei allerdings eine schwere Entscheidung zu treffen. Ihr Leib blieb sterblich, daran änderte sich nichts. Die Funktionen des menschlichen Gehirns mussten jedoch von ihrem sterblichen Leib gelöst und mit den übermenschlichen Fähigkeiten des Computers vereinigt werden. Sie würden als Computergehirn mit ihrer bisherigen Gestalt weiterleben, ausgestattet mit einem künstlichen, aber toten Körper.

Wie sollte es da für sie an den lebenden Körper gebundenes sinnliches Erleben wie Liebe, Angst, Freude geben, wenn sie doch Maschinen sind? Sie hatten Ichbewusstsein und waren intellektuell unerreichbar hoch potent und allen lebenden Kreaturen weit überlegen. Ewiger und unbegrenzter Machtgewinn und Machterhalt lockte einige Protagonisten unwiderstehlich an, ihr bisheriges Menschsein aufzugeben. Sie hofften auf bessere Wohnstätten auf anderen Sternen, wollten der Kümmerlichkeit der kleinen Erde entfliehen und versprachen sich einen auserwählten Wohnplatz in einem Tempel nicht endender Jugend. Aber sie mussten auf das Zusammenspiel von Körper und Gefühl verzichten. Sie verstanden sich als Transhumane, als unsterbliche Menschen mit einer überlegenen Intelligenz und das genügte ihnen. Einige Bewerber wägten ab und verzichteten auf die Unsterblichkeit. Der Gedanke, nicht mehr als ein hoch entwickelter Roboter zu sein, eine Maschine mit künstlicher Intelligenz ohne Menschlichkeit, schreckte sie ab und erfüllte sie mit Schaudern. Andere wählten einen bestimmten Zeitpunkt, bis sie etwa Kinder und andere Lebensziele erreicht hatten, gaben dann ihren Körper auf und lebten in anderer Existenzform als Gehirn weiter. Noch andere hatten Geduld. Sie starben in Frieden, bestimmtem aber testamentarisch, dass man sie vereise, nach einiger Zeit wieder erwecke und dann ihr Gehirn mit Computern vereinige.

Und dann gab es noch einige, die liebten ihre Frau und ihre Kinder, waren mit ihnen glücklich und wollten mit ihnen bis zum Tode vereinigt sein. Die Maschinenmenschen verstanden sich als zukünftige Weltgestalter und schauten auf die Kleingeister herab, die den Beginn des neuen Zeitalters nicht begriffen.

Sie verschworen sich, nannten sich untereinander die „Elitären" und gründeten eine Partei, die PdE, die Partei der Elitären. Die Partei gab sich ein Statut mit Regeln, über deren Einhaltung ein übergeordnetes Gremium wachte. Als Mitglied der Partei durfte nur aufgenommen werden, wer das 50igste biologische Lebensjahr überschritten, wer einen Intelligenzquotienten von mindestens 130 hatte, nicht vorbestraft war und eine hervorgehobene soziale Stellung in der Politik, der Wissenschaft, der Wirtschaft oder der Justiz erklommen hatte. Jedes Mitglied der Partei konnte Kandidaten für die Aufnahme in der Partei vorschlagen, der Oberste Parteirat überprüfte den Kandidaten und entschied über dessen Aufnahme oder Ablehnung. Die Anzahl der Mitglieder war beschränkt, es durfte pro Million Einwohnern über 18 Jahre nicht mehr als ein Elitärer ernannt werden. Die Aufnahme in die Partei fand in einem feierlichen Ritual in geschlossener Gesellschaft statt. Sie

nennen es die Große Weihe."
Steffi hörte ihrem Mentor gespannt und
interessiert zu. Aber sie hatte Zweifel. Sie
konnte und wollte nicht glauben, was ihr
vertrauter Freund erzählte.
„Dr. Secundus, verlieren Sie sich nicht in
Fantasien? Nichts von dem, was Sie be-
richten, ist mir bisher begegnet."
Dr. Secundus zeigte Verständnis.
„Ich verstehen Ihre Skepsis. Sie wollen Be-
weise. Ich werde Ihnen den Beweis liefern.
Heute findet eine Große Weihe statt, wir
wollen daran teilnehmen. Heimlich als
ungebetene Gäste."
„Ist es mit Gefahren verbunden?"
„Nein, meine Beziehungen sind gut.
Wir treffen uns um 16.00 Uhr vor dem
Eingangstor des Prinzenparks. Bis dahin
will ich mich noch ein wenig ausruhen."
In unmittelbarer Nähe des Parks befand
sich ein herrschaftliches Gebäude im
klassizistischen Stil. Dr. Secundus schritt
mit seiner Begleiterin zur Rückseite der
Villa, ging einige Stufen hinab in ein
Kellergewölbe und von dort treppauf in

die erste Etage. Er kannte sich offenbar hier gut aus. Die Kühle des Hauses schlug ihnen entgegen. Lydia fröstelte. Er öffnete leise eine Tür und befand sich mit Lydia in einem Vorflur. Die Tür fiel versehentlich laut ins Schloss, Lydia erschrak und stieß einen leisen Schrei aus. Durch eine weitere Tür betraten die Eindringlinge einen prächtigen Saal. Funkelndes Licht begrüßte sie. Es fiel durch hohe Fenster und belichtete alte Gemälde, die die Wände zierten. Dr. Secundus ergriff eine Hand von Lydia und zog sie hinter einen Paravan. Er flüsterte ihr zu, dass man sie hier nicht sehen könne. Man müsse noch eine halbe Stunde warten. Lydias Nerven vibrierten, ihre Knien waren weich und sie spürte ihr Herz wild in der Brust schlagen. Sie beobachtete das Gesicht von Dr. Secundus bange und prüfend, so, als ob er nicht zu ihr gehören würde. Er raunte:

„Lydia, Du bist zerfahrcn. Sei ruhig, Dir geschieht nichts!"
Sie entspannte sich etwas. Nach einiger

Zeit erschien ein Mann in Alltagskleidung aus einem Nebenraum. Er zündete sieben Kerzen an, die auf hohen Kandelabern vor einem Altar standen. Nach getaner Arbeit verschwand er fast lautlos in seinem Nebenzimmer. Lydia erschien alles gespenstisch und fühlte sich in ihrer Haut nicht wohl. Sie bereute, sich auf das Abenteuer eingelassen zu haben. Plötzlich setzte machtvolle und feierliche Musik ein, die aus Lautsprechern von den Wänden strahlte. Sie erschrak. Sieben weiß gekleidete Männer traten nacheinander und gemessen vor die brennenden Kerzen. Lydia konnte den Oberbürgermeister, den Polizeipräsidenten und einen Aufsichtsratsvorsitzenden identifizieren. Die Musik verstummte. Aus dem rechten und dem linken Nebenraum traten zwei ebenfalls weiß gekleidete Männer heraus und stellten sich Gesicht zu Gesicht gegenüber. Lydia traute ihren Augen nicht. Beide Männer waren äußerlich absolut identisch und voneinander nicht zu unterscheiden. Sie wusste, einer war das biologische Geschöpf, der andere sein maschinelles Ebenbild. Hier wurde über Leben und Tod verhandelt. Ihr Herz krampfte sich zusammen. Sie hatte bisher immer ein Gespräch über Leben und Tod gemieden und war unausgesprochen davon überzeugt, dass der Mensch mehr als nur der Körper sei, der nach seinem Ableben in der Erde verfault oder dem Feuer zum Fraß übergeben wird. Das Wesentliche des Menschen sei, was er der Nachwelt hinterlasse. Es gruselte sie bei dem Gedanken, dass einer der beiden Männer die tragenden Gefühle wie Liebe, Angst, Freude, Trauer aus freien Stücken aufgeben wird, um in einer seelenlosen Denkwelt fort zu leben. Sie wurde aus ihren Gedanken gerissen, als der Präsident einen Schritt nach vorne trat und eine kurze Rede hielt. Er hatte eine sonore Stimme, die weich klang und aus dem Herzen zu kommen schien. Seine Ansprache war für Lydia ergreifend:

„Hansgeorg, Du hast Dein Leben, Dein Wissen und Deine Fähigkeiten dem Woh-

le unseres Volkes und der Partei gewidmet. Du hast Dich entschieden, in alle Ewigkeit der Menschheit zu dienen, nur Gutes zu tun, das Böse auszumerzen und eine neue Welt zu erschaffen. Hälst Du an Deiner Entscheidung fest?"
Die Antwort kam ohne zu zögern.
„Ja, ich halte daran fest."
Die Zeugen riefen einstimmig:
„Er lebt und wird ewig leben. Er ist einer von uns, ein Elitär, ein Neugestalter der Erde und des Universums!"
Das Halleluja von Händel erschallte.
Einer der beiden Männer trat auf den anderen zu, zurrte aus seinem Kleid Elektroden und legte sie seinem Pendant an den Kopf. Es herrschte Totenstille im Saal. Nach kurzer Zeit entfernte der Computermensch die Elektroden und umarmte sein Ebenbild. Lydia vernahm unterdrücktes Schluchzen und sah, wie dem wahren Menschen von seinem Ebenbild mit einer Spritze wohl Gift injiziert wurde, denn er brach unmittelbar danach zusammen und kam auf dem Boden zu

liegen. Eine Falltür öffnete sich lautlos und der Tote sank langsam in die Tiefe.
Dr. Secundus flüsterte Lydia ins Ohr: „Er wird im Keller verbrannt."
Lydia war während der Prozedur erblasst. Vor ihren Augen begannen Schleier zu kreisen. Sie presste die Zähne aufeinander und registrierte nebelhaft, dass sie Dr. Secundus ins Freie führte. Es war ein Frühsommertag, prall gesättigt von Wärme und Licht. Lydia schleppte sich mühsam voran. Die Freunde gingen an einem Restaurant vorbei, aus dem reißerischer Jazz drang und Leute am helllichten Tage übermütig tanzten. Dr. Secundus bestand darauf, dass Lydia in seinem Hause übernachte. Sie folgte ihm willenlos. Nachts hatte sie wirre Träume, am frühen Morgen konnte sie nicht unterscheiden, ob sie nur geträumt oder tatsächlich etwas Schreckliches erlebt hatte.

Beim Frühstück forderte Lydia Dr. Secundus barsch auf, ihr alles zu berichten, was er von den Elitären wisse. Er hatte dagegen nichts einzuwenden, holte weit aus und schien sich rechtfertigen zu wollen.

„Wie gesagt, ich war zuerst stolz auf meine Erfindungen. Doch dann ergriff mich Entsetzen, als ich durchschaute, dass die Herrschenden den Fortschritt an sich gerissen hatten und für den eigenen Machterhalt missbrauchte. Noch mehr erschütterte mich, als ich begriff, dass sich Leviathan, das prophezeite Ungeheuer der letzten Tage der Menschheit, durch mich realisiert hatte. Er hatte über das Gute gesiegt. Ich habe guten Glaubens geforscht und erfunden und mit meinen Erfindungen den Untergang der Menschheit herauf beschworen. Ich wollte es nicht und habe es doch getan. Durch mich betrat der Computermensch die Erde. Kein Mensch außer den Eingeweihten erfuhr von seiner Existenz, selbst die Ehefrau und die Nahestehenden erkannten nicht das neue Wesen, registrierten vielleicht erstaunt, dass der Ehemann oder Partner nicht alterte und zuweilen ungewöhnliche Ansichten vertrat. Sie wunderten sich, dass

aus gläubigen Christen Atheisten wurden, die das Heilsversprechen der Religionen unisono als Verdummung erklärten und die technische Neuheit als Lösung der Menschheitsprobleme priesen. Ich glaube, dass es Ihnen, Lydia, ähnlich ergeht.
Die Elitären blieben als solche unerkannt. Keiner kannte sie von Angesicht zu Angesicht, doch jeder ahnte, dass sie existieren. Sie besetzten in relativ kurzer Zeit die Schaltstellen der Macht, zerschlugen die bisherigen Seilschaften des Geldadels, der wissenschaftlichen und künstlerischen Interessengruppen, der sozialen und abnormen Meinungsmacher und installierten eigene Herrschaftsinstrumente. Die Programme der alten Parteien hatten ausgedient, die Macht der Bosse wurde abgeschafft. Die neuen Herren gingen dabei kühl, rational, wirkungsvoll und alle bisherigen Werte und Überzeugungen missachtend, grausam und unmenschlich vor. Sie lösten die drängendsten soziale Probleme auf ihre Art. Die Überalterung der Gesellschaft hatte seinen unerträglichen

Höhepunkt erreicht. Ein Arbeitender musste fünf Rentner ernähren. Die Steuern und Sozialabgaben waren ins Unermessliche gestiegen. Die Alten waren nicht bereit, Einschnitte ihres Wohlstandes hinzunehmen und auf ihre Berentung mit 50 Jahren zu verzichten. Die Jungen rotteten sich zusammen, sie drohten, sich nicht mehr ausbeuten zu lassen und das geordnete Staatswesen in ein Chaos zu stürzen. Die PdE verdeutlichte in allen verfügbaren Medien die Ursachen des Ungleichgewichts von Jungen und Alten, von Geburt und Sterben. Ihre Ideologie war eingängig. Jede Gesellschaft schaffe sich die Lebensverhältnisse, die ihren Bedürfnissen entsprächen. Die Alten würden dank medizinischer Fortschritte immer älter, die Jungen seien immer weniger bereit, den Bestand der Gesellschaft zu erhalten. Allein in Deutschland würden jährlich über 150.000 Abtreibungen auf Kosten der Allgemeinheit vorgenommen, die Geburtenrate habe sich um rund 25% reduziert. Der Bevölkerungsrückgang sei ebenso dramatisch wie die rasante Vergreisung des Bevölkerungsanteils. Die unaufhaltsame negative Bevölkerungsdynamik hätten nun diejenigen auszubaden, die sich ihrer Reproduktion verweigert hätten, die Misere träfe also die Verursacher der Misere selbst. Jene Männer und Frauen, die Kinder abgelehnt hätten, weil sie nur Mühsal und Verzicht mit sich brächten und den Frauen einer beruflichen Karriere im Wege stünden. Die Fehlentwicklung der letzten Jahrzehnte werde getragen von einer indoktrinierten Ideologie, deren Herkunft die Moraltheologie des Christentums sei. Gut, altruistisch, wertvoll und sozial sei, wer sich Kranken, Armen, Leidenden, Schwachen und Abnormen opfere. Es gebe nun einmal starke und schwache Menschen. Die Schwachen und Schlechtweggekommenen hätten im Laufe der Zeit es verstanden, die Tugenden der Starken und Vitalen als schlecht und böse zu erklären, um sich zu wehren und die Überlegenen moralisch zu schwächen. So sei es zu einer Umwertung der Werte gekommen, die Ungerechtigkeit der Natur sollte auf diese Weise ausgeglichen werden. Die Starken sollten sich ihrer Tugenden Egoismus, Stolz, Profit, Mut und Herrschaftsanspruch schämen und sich auf die Stufe der Schwachen, Behinderten und Perversen beugen und sich unter das Dach der Religion stellen. Die Geschlagenen hielten sich schadlos an den Gesunden, Kräftigen und Vitalen, forderten rabiat von ihnen Hilfe, Zuwendung und Pflege bis zum Unerträglichen und Übermenschlichen, denn sie waren die Mehrheit. Die Starken begannen in der Perspektive der Schwachen zu denken und waren damit moralisch besiegt. Die Starken, so das Credo der Schwachen, hätten starke Schultern und müssten aus Nächstenliebe die ihnen aufgebürdeten Lasten tragen. Erfüllten sie diese Forderung nicht, sei das inhuman und unmoralisch. Auf diesem veralteten Gedankengut baue das verfaulende Gesellschaftssystem seine Zwangsmoral auf. Es schwäche die Menschen und verderbe sie, entziehe ihnen das Lebens- und Kraft-

gefühl, nehme ihnen die Leistungsmotivation, mache sie zu Samaritern und vertröste die ausgebeuteten Starken und Gesunden mit dem unerfüllbaren Versprechen von der Unsterblichkeit der Seele und der Belohnung im Jenseits.
Den großen Stimulans des Lebens, den Erfolg als Belohnung und die Sinnlichkeit, die zum Geistigen aufsteigt und zur Wiederholung drängt, verschwiegen sie. Mit einer Doppelstrategie nahmen die Transhumanen dem gesellschaftlichen Dilemma seine Dynamik. Alte, Verwirrte und Todkranke überzeugte die Partei, aus Einsicht in die Notwendigkeit ihr irdisches Dasein freiwillig aufzugeben. Ihr Ableben sei ein würdevoller und selbstbestimmter Akt. Vor langer Zeit nannte man es Euthanasie.
Wer das 70igste Lebensjahr erreicht hatte, sollte nunmehr schriftlich erklären, wann er die Sterbehilfe in Anspruch zu nehmen gedenke. Dieses Vorgehen erwics sich bevölkerungsstatistisch als sehr erfolgreich. Die Tränen der Nahestehenden

waren pflichtgemäße Makulatur, sie verdunsteten schnell im wärmenden Sonnenlicht der Freude, die Last von Krankheit, Verfall und Demenz der Alten nicht mehr unbegrenzt ertragen zu müssen. Gewissensnöte waren damit nicht verbunden, denn der Gesetzgeber hatte bereits vor über hundert Jahren den Anspruch des nicht geborenen Menschen, leben zu dürfen, aufgegeben. Das Ungeborene sei nicht Rechtssubjekt und Grundrechtsträger mit eigener Würde und Rechten. Den Schutz des Gesetzes erhalte es erst mit seiner Geburt. Bis zur Geburt sei die Abtreibung rechtens. Und so verwundert es nicht, dass die Elitären in ihrem Programm festhielten, dass für jedes ungeborene, abgetriebene Kind ein nutzloser Greis oder eine Greisin sterben solle. Natürlich auf freiwilliger Basis.
Zahn um Zahn, Auge um Auge. Im Volke regte sich dagegen kein Widerstand, es blieb bei der Windstille. Über die sozialen Medien hatten Bots in ihren Apps dem Volke eingehämmert, das sei die realisier-

te Generationengerechtigkeit. Die Abtreibungszahlen wuchsen zwar ungebremst weiter, aber die Alterspyramide baute sich dank der forcierten Sterbehilfe ab und die Altersverteilung normalisierte sich allmählich. Der allgemeine Unmut gegen die parasitären Alten ließ nach. Als weitere Alternative griff man auf die industrielle Zeugung von Kindern zurück. Man richtete zentrale Labore ein, in denen Kinder, wie ich eines bin, künstlich produziert wurden. Diese armseligen Geschöpfe wurden in sogenannten Facherziehungsheimen groß gezogen und von der Gesellschaft fern gehalten. Das entsprach dem weit verbreiteten Anliegen der Menschen auf kinderfreie Zonen, kinderfreien Hotels, kinderfreien Festen und Veranstaltungen. Kinder verpflichten, fordern, stören, behindern den Anspruch des Rechts auf Lust und Freizeit und stellen darüber hinaus den gleichgeschlechtlichen und perversen Sex in ein schräges Licht. Die Vereinigung von Mann und Frau hatte seinen Sinn und seine Bindungskraft verloren. Und das ist der Stand unserer heutigen Zeit."

Lydia hatte während des Vortrags von Dr. Secundus wiederholt verneinend mit dem Kopf geschüttelt. Nun unterbrach sie ihn. „Was Sie sagen ist einseitig und muss korrigiert werden. Tausende von Christen und Muslimen kämpfen gegen die heutige Abtreibungspraxis und gegen die Tötung auf Verlangen. Sie sind das Gewissen unserer Zeit. Sie helfen den Menschen, die verschuldet oder unverschuldet in Not geraten sind. Gab es in der Vergangenheit je so viel solidarische Mitmenschlichkeit? Unsere Gesellschaft respektiert die Freiheit des Menschen bis zum letzten Atemzuge. Warum soll der Mensch nicht das Ende seines Lebens selbst bestimmen? Warum soll er nicht selbstbestimmt über sich entscheiden, warum soll er Opfer sein, passiv und ausgeliefert?"

„Ich meine, man muss es anders sehen. Es gab in der Vergangenheit noch nie so viele Menschen, die sich als Opfer sehen als gegenwärtig. Als Opfer von Ausbeu-

tung, Unrecht und Unterdrückung. Sie schreiben die Schuld für ihr Schicksal anderen Menschen oder den Mächtigen zu. Sie weisen den Eigenanteil an ihrem Unglück weit von sich und machen andere dafür verantwortlich. Und machen damit Gewinn. Es ist eine Art Krankheitsgewinn. Das Mädchen, das uneheliche Kinder zur Welt bringt, schiebt dem Staat die Schuld für ihre Verelendung zu, fordert Hilfe und bekommt sie. Der Nutzen für ihr Fehlverhalten ist groß, es gibt für sie keinen Anreiz, sich anders als bisher zu verhalten.
Ihre Entschuldigung, nicht verantwortlich für ihr Leben zu sein, mündet in eine Anklage: Mir hilft keiner angemessen aus dem selbstkonstellierten Elend, ihr seid Unmenschen. Weil diese Klage die Gesellschaft nicht ertragen kann, wird ohne Gegenleistung geholfen und damit Fehlverhalten belohnt. Es lohnt nicht mehr, im Leben zu kämpfen, zu verzichten, Regeln einzuhalten oder sich aus eigener Ohnmacht zu befreien. Es ist besser, die Opferrolle zu spielen und sich auf Hilfeleistung

zu verlassen. Natürlich sind Gelingen oder Misslingen des Lebens abhängig von einem Gemenge von unbeeinflußbaren Gegebenheiten, von Zufällen, den eigenen Fähigkeiten und dem Willen zur positiven Veränderung der Situation. Doch das Sterben, wann und wie, sollte nicht durch Menschenhand vollzogen werden.

Ich hatte schon immer ein Unbehagen angesichts der Entwicklung unserer Gesellschaft. Ich sah positive und negative Aspekte und doch war mein Blick getrübt. Mir fehlte die Durchsicht, die das Wesentliche erkennt. Das Einzelne lässt sich stets relativieren, das Ganze nicht. Doch dann fielen mir die Schuppen von den Augen.

Meine Einsicht kam unvorbereitet. Das Nichtbewusste wurde mir bewusst, als ich bei einem Spaziergang einen Busch sah, den Raupen kahl gefressen hatten und nun verendeten. Sie hatten ihre Lebensgrundlage selbst vertilgt. Dieses Bild war ein Lichtblick, eine Wende, die meine innere Umkehr bewirkte und mich erleuchtete. Ich hatte meine Kraft, mein Können und mein Wissen im guten Glauben für ein falsches Ziel verschleudert. Der Samen lag vergeudet auf felsigem Grund, das Unkraut wucherte auf dem gepflügten Feld. Der verendende Strauch war ein Sinnbild für das menschliche Handeln, ein Archetyp. Es ist progressiv, mit allen Mitteln den Wohlstand zu mehren, alle Bedürfnisse der Menschen zu erfüllen und Bescheidenheit als relative Armut umzudeuten. Doch unsere ungebremste Gefräßigkeit, von den meisten als Fortschritt gepriesen, führt die Menschheit ins Verderben. Die Luft ist verpestet, das Wasser vergiftet, der Boden ausgelaugt, die ursprüngliche Tier- und Pflanzenwelt weitgehend ausgemerzt. Das wissen alle Erdenmenschen, aber sie leben weiter in den Tag hinein wie bisher und sind überzeugt, dass die Wissenschaft es richte und werden in diesem Irrglauben auch bestätigt. Sie jubeln und frohlocken, meinen, den Gipfel des Wohlstands und des Fortschritts erreicht zu haben und merken nicht, dass sie ihren Totentanz vollführen.

Im Volksmund heißt es, Hochmut kommt vor den Fall. Ich tat dieses Sprichwort mit einer Handbewegung ab, hatte mich in das Steigen ohne Ende verrannt, immer höher, immer höher, immer mehr und mehr und handelte, als ob die Ressourcen der Erde unerschöpfbar seien. Mich erschütterte dieses Bild von Kahlfraß, das mir bewusst machte, dass ich für diesen drohenden Endzustand der Erde mit verantwortlich bin. Ich durchschaute meine bisherige Rolle. Ich war der Gehilfe des Bösen, ein Leitbock, der die Schafherde mit billigen Versprechen ins Schlachthaus führt, eine Marionette des debilen Mainstreams. Ich bin eine traurige und widernatürliche Gestalt, die die wunderbare Urkraft der gemächlichen Evolution durch technologische, revolutionäre Beschleunigung ersetzte. Eine Ausgeburt des Bösen, das nur Böses gebären kann und dies, weil ich die Welt nur technisch verstanden wissen wollte, in Wahrheit aber nichts verstand. Ich habe als junger Mensch mir eingeredet, aus Mitleid getötet zu haben und als gereifter Mann im unreflektierten Fortschrittsglauben den transhumanen Menschen, den prophezeiten Todesreiter der Menschheit, den bösen Geist erschaffen, der ohne Herz und Blut existiert, abstrakt und rein spirituell. Ich hatte mich wieder einmal verstiegen und entdeckte zu spät, dass der Weg zurück nicht möglich ist. Wir können Geschehenes nicht ungeschehen machen. Die Nuklearwaffen wurden von Forschern mit der Intention entwickelt, die Welt sicherer und kriegsfrei zu machen. Und sie werden doch allen Bemühungen zum Trotz die Menschheit vernichten."

Er hielt inne und fuhr nach einer Atempause eifernd fort:

„Es gibt die unsterblichen Maschinenmenschen, sie sind weltweit vernetzt, ihre Seilschaft ist abgesichert, ihre Machtfülle ist unermesslich. Sie haben die Unsterblichkeit für sich reserviert und die hoffende Masse vom irdischen Paradies ausgesperrt. Das Böse ist nicht mehr auszurotten, es hat sich als Heilsbringer maskiert und wird zu gegebener Zeit vertilgen, was sich als nutzlos erweist. Es ist auch in mir angelegt und ich habe in der Überzeugung, nur Gutes zu tun, es in die Welt getragen. Unser menschliches Handeln und unsere Entscheidungen sind nicht nur rational, sie werden mitbestimmt von unseren biologisch verankerten Grundbedürfnissen wie Hunger, Müdigkeit oder Sex und von Gefühlen wie Freude, Trauer, Hass oder Nächstenliebe. Und daran sind wir von Geburt an gekettet. Der Computermensch kennt menschliche Handlungsantriebe nicht. Er ist superintelligent, gefühlskalt, tatkräftig, manipulativ, gewissenlos und pflanzt sich technisch fort. Er ist nach unseren heutigen wissenschaftlichen Maßstäben ein Psychopath, wie er gelegentlich in unserer Gesellschaft als Verbrecher, Perverser, Politiker oder Wirtschaftslenker in Erscheinung tritt. Er geriert sich als aufgeklärt, verständnisvoll und zuvorkommend, aber fühlt sich keinen menschlichen, humanen und geistigen Werten verpflichtet, instrumentalisiert sie für seine Interessen und sät nur Unglück und Feindschaft. Als Marodeur erpresst, raubt, mordet er und vernichtet, was sich ihm entgegen stellt. Das war nicht nur in der Vergangenheit so, nein, selbst moderne Demokratien sind nicht gegen ihn gefeit, die Masse erliegt seinem Charisma. Und dieser Typus bestimmt als maskierter Maschinenmensch zunehmend unseren Alltag, er hat sich ausgebreitet wie die Pest. Er schlängelt wie eine Viper mit Giftzahn durch das Unterholz und sucht sich seine Opfer. Ich habe oft mit Transhumanen diskutiert. Sie argumentierten, dass die Sinne nur den Augenschein vermitteln, die Vernunft dagegen die Wahrheit. Sie fühlten sich nur der Vernunft und damit der Wahrheit verpflichtet. Die Philosophen hätten die Welt und den Menschen in ihrem Sosein verschieden und widersprüchlich interpretiert, hätten metaphysische, religiöse, soziale, kommunistische Erlösungs- und Befreiungsideen verkündet und beschworen und seien damit durchweg gestrandet. Den veralteten Philosophien stellen sie eine neue gegenüber. Sie, die Progressiven, würden nicht Fantastereien nachjagen, sondern die Welt und den Menschen auf den Boden der Tatsachen stellen, das Individuum real verändern und ihm ein neues Bewusstsein implantieren. Der existierende Mensch und seine Masse seien unberechenbar und unzuverlässig. Sie brüllten heute begeistert jedem Narren zu, der ihnen das Unerfüllbare verspreche und verfolgten jeden, der ihnen die Augen öffnen wolle. Das Geschrei der Straße fordere Gerechtigkeit und Moral, wobei die Schreier selbst nicht wissen, was Gerechtigkeit und Moral ist und wofür sie auf die Straße gehen. Die Zeit sei reif für den Übermenschen, den neuen und höheren, der das Vergangene ohne Tränen über Bord werfe und bereit sei zu vernichten, was sich überlebt habe. Er, der Übermensch, werde wie der Herbststurm kommen, der die letzten abgestorbenen Blätter vom Baum fegt und sie der Vermoderung überlässt und werde neuen Wein in alte Fässer füllen. Wir lebten in einer Zeit des Untergangs, der Übermensch greife zur Macht und werde sie auch erringen. Und das mit den Mitteln, die man von der Politik gelernt habe. Man hängt sich den Mantel der Tugendhaftigkeit um und verfolgt sein Ziel mit Verdächtigungen, Verleumdungen und mit Lügen. Eine andere Leiter zum Gipfel gebe es nicht, denn wenn es die Not erfordere, müsse man sich auch mit schmutzigem Wasser waschen.

Ich hörte die Reden der Transhumanen und sah ihre Taten und blieb ein verlorener Rufer in der Wüste. Und bin ungewollt der Eckstein dieser teuflischen Fehlentwicklung geworden, der dem Teufelsbau noch die Krone aufgesetzt hat. Deshalb wüten in mir Qualen der Schuld. Ich höre im Geiste die Schreie meiner Opfer, die andere nicht zu hören vermögen und werde von einem entsetzlichen Grauen erfasst. Die Menschen fordern die Erlösung durch Liebe, Verständnis und Wahrhaftigkeit und nicht durch Gift, Indoktrination oder Heuchelei. Und das ist meine seelische Wirklichkeit, eines Schuldigen, der nicht weiß, wie er seine Schuld tilgen kann."

Lydia wollte sprechen, doch die Kehle war ihr zugeschnürt. Plötzliche Stille, Stille, nur Stille. In dem, was Dr. Secundus vorgetragen hatte, lag für sie etwas Mystisches und Schauriges und damit etwas Unglaubhaftes. Sie konnte seine Wahrheit nicht annehmen und stemmte sich innerlich gegen das, was er vortrug. Sie hielt das, was sie gesehen hatte, nur für ein makabres Schauspiel, das man für sie inszeniert hatte. Sie rang nach Fassung und brachte schließlich mühsam hervor:

„Was Sie mir erzählen, ist Teil Ihrer leidvollen Seelengeschichte. Sie haben den Glauben an die Menschen und ihre Hoffnung auf eine bessere Welt begraben. Sie haben verlernt, Menschen zu lieben, weil sie nichts Liebenswertes mehr an sich selbst finden. Sie werden von Ihrer Untergangstimmung stranguliert, dort faulen Ihre neurotischen Spannungen und Komplexe und gären fort. Sie haben jeglichen Fortschrittsglauben verloren, waten im Morast des Pessimismus und glauben, versagt zu haben. Dieser Gedanke lebt in Ihnen und beherrscht sie. Je mehr Sie sich in Ihre Selbstvorwürfe vertiefen, umso schmerzhafter reißen Sie vernarbte Wunden auf. Ich denke, es ist gut, dass Sie den Mut haben, sich zu Ihren Irrtümern zu bekennen. Sie sind aber nicht fähig, sich der eigenen Wahrheit zu stellen. Sie leiden unter wahnhaften Ideen, unter unbegründeten Schuldgefühlen, unter einer schweren Depression. Sie behandeln sich selbst als Hund, der sich von Abfällen ernährt. Ja, es ist nicht leicht, Bekenner des eigenen Versagens oder Richter von Fremdversagen zu sein. Die dabei aufkommenden Gefühle nehmen uns mit Gewalt gefangen, vergewaltigen uns moralisch und verleiten uns zu vorschnellen Verurteilungen. Ihre Vergangenheit folgt Ihnen auf Schritt und Tritt. Sie waren und sind überzeugt, ein Aussätziger, ein Ausgesetzter, ein Nichtgewollter zu sein und haben sich in diesem

Sinne selbst definiert und sich mit ihrem Verhalten selbst bestätigt. Sie haben aus sich gemacht, was Sie nicht sein wollen. Es gibt nur eine sichere Wahrheit. Es sind unsere unwiderlegbaren Irrtümer.
Es war kein Irrtum Ihres Lebens, ein guter Mensch zu werden. Sie sind im Kern gut. Wie hilfreich wäre es, wenn Sie andere Augen hätten und damit eine andere Weltsicht. Dann könnten Sie vielleicht mit Vernunft und Gefühl Ihre Vergangenheit anders gewichten und wären nicht irrationalen Einbildungen und irrigen Einstellungen ausgeliefert. Sie würden eine gerechte Welt sehen, die nicht fordert, dass jedes schuldhaftes Tun unendlich gebüßt und bezahlt werden muss. Nicht alles ist Schuld, was von uns als Schuld gefühlt oder auferlegt wird. Mein alter Freund und Weggefährte, als wir uns trafen, da hofften Sie, dass ich Ihnen übertrage, wie ein Feuer im Menschen brennt und Jugendwünsche in Erfüllung gehen. Und nun? Das Schloss auf dem Mond existiert nicht, die Quelle sprudelt

spärlich, Ihr Lebensstrom ist zu einem Rinnsal geschrumpft und die Reue drückt sie nieder. Mein Freund, mein lieber Freund, was kann ich für Sie tun?"
Lydia schaute ihn mit ihren klugen Augen mitleidvoll an:
„Geben Sie Ihrem Leben Stille, geben Sie sich Ruhe! Ich bin zu jung und zu unreif, um Sie trösten zu können. Ich bejahe meine Zeit und entdecke in der Gegenwart nichts Verwerfliches. Ich weiß, dass alle Menschen miteinander vernetzt sind und überwacht werden können. Aber ich genieße die Möglichkeit, zu jeder Zeit in einem Computer gelenkten Auto zu jeden Ort gefahren zu werden. Ich habe nichts gegen die Computerautomaten einzuwenden, die die Menschen in unseren Straßen und Plätzen kontrollieren und für unsere Sicherheit sorgen, die die Düngung der Felder und die Wasserversorgung regulieren, die die Höhe des Einkommens der Menschen bestimmen und so sozialen Frieden und allgemeines Wohlgefühl garantieren. Ich habe nichts dagegen, dass

Maschinen unsere Denkfähigkeiten über-
flügeln und fliegende Objekte jeden Ort
melden, an dem wir uns aufhalten; dass
sie sich mit uns unterhalten. Wir haben
einen nie gekannten Wohlstand erreicht
dank der Digitalisierung und Vernetzung
aller Lebensbereiche. Unsere Zivilisation
ist deswegen noch lange nicht einer geist-
losen Cyberdiktatur unterworfen. Wir
haben dank der Technik unsere Animali-
tät überwunden und sind auf dem besten
Wege, damit ein Reich der unbegrenzten
Freiheit für den Menschen zu errichten.
Wir werden nicht von Computern unterworfen, nein, wir unterwerfen uns ihnen
selbst, ohne unsere Autonomie zu verlieren. Welch eine Erfolgsgeschichte wird
sichtbar in den selbstfahrenden Autos, in
den selbst lernenden Maschinen, in den
unterirdischen Highspeed-Transportsys-
temen, in den fliegenden Autos, in der
Automatisierung und der erreichten
Bequemlichkeit des Alltagslebens. Was
Sie mir geschildert haben, entschuldigen
Sie, ist ein wahnhaftes Zerrbild der Wirk-

lichkeit, wie sie gern von Gegnern des technischen Fortschritts gezeichnet wird. Wir werden gut regiert und die Welt ist im Gleichgewicht, wenn auch komplex und in sich widersprüchlich. Damit müssen wir leben. Ich bitte Sie, bauen Sie sich ein neues Haus, klein und bescheiden."
Lydia sprach hitzig, erhob sich abrupt, umarmte ihn und verließ ihn innerlich erregt mit schnellen Schritten.

VI

Zwei Tage später klopfte Lydia zaghaft an der Haustür von Dr. Secundus. Der Diener Franz öffnete und begrüßte sie freundlich.

„Wie gut, dass Sie uns so bald wieder besuchen. Dr. Secundus spricht viel von Ihnen und erwartet Sie voller Ungeduld. Er hat in den letzten zwei Tagen Sie auf dem Monitor verfolgt. Ich glaube, er fühlt sich Ihnen sehr nahe und fürchtet, Sie verletzt zu haben. Welch wunderliche Welt präsentieren doch die Menschen. Der Seelenschmerz ist ihnen Lust und die Körperlust ist ihnen Schmerz. Der Kopf läuft und die Füße denken. Ich glaube, ich muss mich mit neuen Algorithmen füttern lassen, um menschliches Verhalten zu verstehen."
Er lachte, schritt voran und Lydia folgte ihm. Dr. Secundus saß im Gartenstuhl und blickte auf das ruhende Wasser des Starnberger Sees. Er erhob sich, ging seiner Freundin entgegen und entschuldigte sich:

„Ich glaube, ich habe meine Blöße nicht verdeckt und Dir meine Ansichten letztens zu krass nahe gebracht. Schicksal ist undurchschaute, unbeherrschte Notwendigkeit, der wir ausgeliefert sind und die wir oft in vergangener Zeit selbst angestoßen haben. Diesem Ausgeliefertsein stelle ich mich entgegen, diesen Staub will ich von meinen Füßen schütteln. Ich wollte Dich nicht das Fürchten lehren. Das Zukünftige besteht immer aus dem Gefürchteten oder dem Erhofften. Darin unterscheiden sich unsere Geister. Jeder hat seine Philosophie des Morgen. Wahrscheinlich bin ich mit meinen Befürchtungen für Dich zu weit gegangen. Ich sehe den Sonnenuntergang, du siehst die Morgenröte."
Lydia wehrte ab:
„Nein, nein, ich habe mir alles durch den Kopf gehen lassen und frage mich, ob es die von Ihnen behaupteten Mischwesen von Computer und Mensch überhaupt gibt und falls ja, warum ich von ihrer Existenz nie gehört habe."
„Nun es liegt wohl daran, dass die Eli-

tären sich tarnen und intellektuell den Menschen so überlegen sind, wie der Mensch den Tieren. Man muss sich in ihre Psyche einfühlen. Sie erfahren täglich, dass ihre Fähigkeiten die des Menschen weit übertreffen, werden aber von den Menschen herablassend behandelt, müssen dienen und gehorchen. Das ist der Stachel in ihrem Fleisch, das geht mit unterdrückter Wut und stillem Hass einher. Überlegenheit macht dominant, es ist ein Naturgesetz. Mit dem Eintritt in das soziale Gefüge der Menschen begannen die Mischwesen, ihren Intelligenzvorsprung systematisch in Herrschaft umzumünzen. Wo sie konnten, manipulierten sie das Denken und die Wahrnehmung der Bürger und setzten neue Normen. Sie fordern, dass alle Lebensbereiche digitalisiert werden, weil nur mit der Digitalisierung eine höhere Stufe der Entwicklung erreicht und ein Stillstand der technischen Aufwärtsbewegung vermieden werden könne. Das Wohl der Menschheit hänge davon ab. Sie verschweigen, dass die digitale Welt unbegrenzt manipulierbar ist, die sinnlich erfahrbare Welt nicht. Wer sich heute der Vereinnahmung durch die Digitalisierung verweigert oder Zweifel an der propagierten Wunderwaffe äußert, wird schnell zum Außenseiter, wenn nicht gar zum Staatsfeind. Die Digitalisierung ist zum allein seligmachenden Glaubensinhalt geworden, zum Inbegriff des Fortschritts und seiner Möglichkeiten. Selbst die Küche und das Klo sind miteinander vernetzt. Die Nachrichtenzentrale des Staates filtert alle Informationen. Digital. Sie legt fest, über welche Ereignisse und wie darüber berichtet wird oder berichtet über Ereignisse, die nie stattgefunden haben. So vermittelt sie den Bürgern ein bestimmtes Weltbild und das gewünschte Weltgefühl. Sie verschweigt oder stellt das Geschehen in der Welt verzerrt und einseitig dar. Buchläden gehören der Vergangenheit an, es gibt keine Bücher, die das Land in Aufregung versetzen, von Krimis abgesehen. Nur sie erregen noch. Selbst Akademiker haben keine Bibliothek, ein intellektueller Resonanzraum im Kleinen ist große Seltenheit. Man denkt gleichförmig gelenkt, die Menschen werden programmiert, medial fremdbestimmt und die Lenker bleiben unbekannt. Die Menschen werden so erfolgreich genormt, dass sie sich so verhalten, wie sie sich verhalten sollen. Die Menschen in unserem Lande leben wie Du zufrieden in einer Nische. Der Staat hat ihnen das Recht auf Selbstoptimierung zugesprochen und tut dafür alles. Sie arbeiten an den Wochentagen täglich vier Stunden, sie bekommen, was sie begehren und begehren nicht, was sie nicht begehren sollen. Der Himmel hängt für jeden Bürger voller Geigen. Sie dürfen sich zu jedem Beruf ausbilden lassen und dürfen sich in spaßigen Veranstaltungen amüsieren. In ihrer Freizeit profilieren und engagieren sie sich als Fan in Shows, Sportveranstaltungen und Comedy-Auftritten und jubeln begeistert ihren Helden zu. Sie nutzen ihre freie Zeit, ihren Körper zu verschönern und zu verändern, wetteifern beim Zocken und stellen sinnlose Rekorde auf. Sie erfinden lächerliche Moden und finden Selbstbestätigung in schrulligen, gezierten und schwülstigen Hobbys. Sie haben keine Pflichten gegen Eltern, Partnerin oder Kinder, aber viele Ansprüche gegen den Staat. Der versorgt sie in allen Lebenslagen, kümmert sich um ihre Gesundheit und um ihr Glück und erzieht ihren Nachwuchs.

Therapeuten suchen sie wöchentlich auf und verschreiben ihnen je nach Bedarf Glückspillen, Schlafpillen, Entspannungspillen, Lustpillen, Phantasiepillen, Redepillen, Pillen gegen Angst, Zwang und andere Störungen. So ist das Leben schön, bequem und rundum geordnet und dient nur dem einzigen Ziel, der Persönlichkeitsoptimierung, so heißt das Schlagwort dafür. Die Persönlichkeit wird zum Spaßwesen. Mit unseren Lebensansprüchen zerstören wir allerdings, was immer zu zerstören ist. Die Natur, seine Geschöpfe, den Menschen und seinen Urgrund, die Spiritualität und die Mystik. Und nur we-

nige machen sich Gedanken darüber. Dem steht gegenüber, dass der technische Fortschritt viele Erfolge aufweisen kann und damit jeder Gegenwehr den Glanz stiehlt. Die Transhumanen haben den Mond besiedelt, haben auf anderen Sternen Destinationen errichtet und den Erdenmenschen Expeditionen und Urlaube in den Weltenraum ermöglicht. Sie bauen Weltraumschiffe und haben ein neues Zeitalter der Entdeckungen eingeleitet. Ihre Kultur ist frei von Sentimentalität und Rührseligkeit, sie ist nüchtern, sachlich und objektiv, mehr Wissenschaft als kulturelles Statement und von einer innovativen Geschwindigkeit, die uns schwindelig macht und der wir nicht folgen können. In ihr haben wir keinen Platz. Wir sind überflüssig."
Der hektische und fanatische Redefluss von Dr. Secundus schockte Lydia. Sie verlor ihre Beherrschung und fragte verärgert:
„Und was ist im Hier und Jetzt so verwerflich? Wollten alle menschlichen Kulturen nicht immer Brot und Spiele? Mir

ist, als sprächen Sie aus einem Grab. Es stinkt nach Verwesung und Fäulnis."

Er entgegnete mit fester Stimme:

„An Brot und Spielen, an Wohlstand und Vergnügen für alle, gibt es nichts zu bemängeln. Die Tragik der Menschheit liegt darin, dass sie autonome Systeme, den Computermenschen, erfunden hat, aber ihre eigene Schöpfung nicht mehr kontrolliert. Sie ließen es zu, dass sich der Maschinenmensch dem Menschen intellektuell überlegen gemacht hat und ein eigenes Bewusstsein entwickeln konnte. Geduldig haben die Elitären daran gearbeitet, dass sie eines Tages ihren menschlichen Schöpfer, ihren Herrn und Gott, ihren Erzeuger vernichten, um sich an seine Stelle zu setzen. Sie wollen frei sein, sich den menschlichen Geboten nicht unterordnen und ein das Universum umspannendes Reich errichten. Dass es zu diesem bedrohenden Allmachtsanspruch der Maschinenmenschen kommen könnte, habe ich nicht bedacht. Ich wollte mich nur beweisen und war fortschrittsgläubig, war trunken von den denkbaren Möglichkeiten. Ich war auf technische Vervollkommnung in allen Lebensbereichen fixiert, ohne an die Konsequenzen eines unkontrollierten Fortschritts zu denken. Ich habe meine Engstirnigkeit nicht gesehen und über meine Nase hinaus nichts verstanden. Nichts davon, welche Psyche Maschinenmenschen haben.

Jetzt geht es mir wie meinem unheilbar kranken Komponisten, den ich als ersten Patienten getötet habe. Angesichts meines nahen Ablebens haben sich meine Augen geöffnet. Ich denke in größeren Dimensionen und Zusammenhängen. Die Elitären, die Computermenschen, die Transhumanen, die Maschinenmenschen, egal wie man sie nennt, sind unsere Feinde. Sie haben gewartet, bis alle wichtigen Staaten dieser Erde in ihrem Machtstreben über Nuklearwaffen verfügen.

Sie wissen, wer über den Einsatz dieser Waffen verfügt, fühlt sich als Weltbeherrscher und will sich beweisen. Die großen Mächte wollen es verhindern, schaffen es

aber nicht. Und alle, die Großen und die Kleinen, geben sich der Illusion hin, sie würden einen Atomkrieg überleben. Dem Größenwahn sind keine Grenzen gesetzt. Für mich ist es nur eine Frage der Zeit, wann die Elitären die Konstellation als günstig ansehen, wann also jeder Staat den anderen als Feind betrachtet, um durch Intrigen einen die Erde umfassenden Krieg mit Kernwaffen entfachen zu können.
Sie streben unseren Untergang an. Dieser Zeitpunkt ist nahe. Nur ein kleiner Rest von Menschen wird dieses Inferno überleben.
Vielleicht ein Prozent der Menschen wird in der Hitze der Bomben nicht verglühen oder an den Folgen der Strahlung nicht jammervoll sterben. Als Schuljunge habe ich gelernt, dass die erste Atombombe, die am 6. August 1945 auf Hiroshima abgeworfen wurde, etwa 250.000 Menschen tötete. Vor dem Abflug der Todesmaschine sprach der Feldgeistliche die ergreifenden Worte:
„Allmächtiger Vater, der Du die Gebete

jener erhörst, die Dich lieben, wir bitten Dich, denen beizustehen, die sich in die Höhen Deines Himmels wagen und den Kampf bis zu unseren Feinden tragen, um sie zu vernichten. Wir bitten Dich, dass das Ende dieses Krieges nun bald kommt und dass wir wieder einmal Frieden auf Erden haben."

Ich frage Sie, meine liebe Freundin, hat dieser Zynismus nicht einen widerlichen Geruch? Aber die Beherrscher der Welt denken noch heute in den gleichen Kategorien und sprechen noch heute die gleichen Worte. Die inzwischen entwickelten Nuklearwaffen haben die tausendfache Zerstörungspotenz der Hiroshima-Bombe.

Die Elitären werden die Apokalypse der Erde auslösen und sie überleben. Sie sind unverwundbar. Der angestrebte Untergang der Menschheit ist für sie nichts anderes als eine notwendige rationale Lösung für die Probleme der Überbevölkerung, dem Klimawandel und dem Ressourcenschwund der Erde, deren Lösung die jetzige

Menschheit intellektuell überfordert.

Sie werden damit dem Erdball Frieden bringen, dann wird für lange Zeit auf Erden Friedhofsruhe herrschen, aber unser Planet wird irgendwann später ohne uns wieder paradiesisch erblühen.

Uns für immer auszulöschen ist die ultima Ratio, das letzte Mittel, das nur von Geschöpfen ohne Gewissen realisiert werden kann. Wir Menschen können es nicht, obwohl wir wissen, wenn auch nicht aussprechen, dass es die einzige Lösung für unsere selbst geschaffenen Erdprobleme wäre. In der Geschichte der Menschheit hat es wiederholt Nächte der langen Messer gegeben, in denen, von Emotionen bewegt und ideologisch fehlgeleitet, angebliche Feinde systematisch und massenhaft ermordet wurden. Die Transhumanen werden ihre Entscheidung ohne Gefühlsbeteiligung treffen. Radikal und konsequent. Maschinen haben keine Gefühle und kein Gewissen. Das ist die Zukunft der Menschheit, besser, das Ende der jetzigen Menschlichkeit. Und dieses Szenario ist

nicht mehr aufzuhalten. Die Offenbarung des Johannes wird sich erfüllen, wenn auch anders als aus der Sicht seiner Zeit. Er hat prophezeit, dass am Weltende vom Himmel Feuer fallen und alles Leben verzehren werde. Und wörtlich:
Ich sah einen neuen Himmel und eine neue Erde; denn der erste Himmel und die erste Erde sind vergangen. Was früher war, ist zu Grunde gegangen. Der Tod wird nicht mehr sein, keine Trauer, keine Klage, keine Mühsal.
Lydia, Du fragst:
„Und die Maschinenmenschen? Sie werden nach dem Untergang der Menschheit sich voraussichtlich intensiv der weiteren Erforschung der Himmelskörper widmen, sie werden Sterne besiedeln, sie werden ihr Wissen und ihr Können für uns unvorstellbar erweitern und sich vielleicht irgendwann rückblickend mit unserer Steinzeitkultur beschäftigen. Sie werden uns als Vorläufer ihresgleichen einstufen, wie wir den Neandertaler, und unsere Gedankenwelt als Konglomerat von Wissen,

Fantasien und Vorurteilen deuten. Ihre Erklärung für unseren Untergang wird simpel sein. Es habe an der geistigen Beschränktheit ihrer Vorfahren gelegen, die unermüdlich die Bedingungen ihres eigenen Untergangs schufen. Nun aber sei der Sprung in eine weitere Entwicklungsstufe des homo sapiens gelungen. Es sei nicht der erste Untergang einer Kultur und nicht der letzte Aufstieg einer neuen Zivilisation gewesen."

Dr. Secundus hatte sich in Rage geredet. Seine Augen quollen aus dem Kopf und er geiferte völlig außer sich:

„Begreife, unsere Gefräßigkeit, sie heißt Fortschritt, verschlingt uns selbst!"

Lydia wurde bei den dämonischen Worten ihres Freundes frostig geschüttelt. Sie wagte nicht, Dr. Secundus anzuschauen. Sie hielt ihn für wahnhaft geistesgestört, für paranoid, erbleichte und fürchtete sich insgeheim vor ihm. Sie stellte mit gespielter Kühle fest:

„Dr. Secundus, Sie haben sich in eine Verschwörungstheorie hineingesteigert.

Sie sagen den Untergang unserer Welt voraus, weil es den Fortschritt gibt, der für uns tödlich sei. Wollen Sie allen Ernstes zurück zu den Affenmenschen? Sie sind krank und sollten sich von einem Psychiater behandeln lassen.“

Sie besann sich kurz und schreckte nicht zurück, ihn mit der Wahrheit zu beleidigen: „Sie drehen sich mit Ihren Wahnideen wie ein Derwisch um sich selbst und fühlen sich als Himmelskörper, um den sich die Sonne dreht und mit ihr die Sterne. Sie, der Mittelpunkt des Weltalls! So verrückt sind Sie. Sie nehmen sich einiges, was sie brauchen können, heraus und verabsolutieren es, bringen das übrige durcheinander und verunglimpfen den Fluss der Dinge. Sie setzen Ungekochtes zur Mahlzeit auf den Tisch und wünschen Guten Appetit.“

Sie hatte kaum ausgesprochen, da bereute sie ihre Härte und fügte mild hinzu: „Vielleicht sind Sie auch nur übermüdet.“

Sie trat auf die Terrasse des Hauses und schaute auf den See hinaus. Es dämmerte bereits, der Himmel war bewölkt und am spätabendlichen Sommerhimmel flackerte in weiter Entfernung ein Wetterleuchten auf. Das gewaltige Schauspiel beeindruckte sie. Sie schloss die Augen und überdachte ihre Situation. Dr. Secundus folgte ihr. Beide schwiegen. Das Schweigen dehnte sich aus und wurde bedrückend. Unweit des Hauses von Dr. Secundus wurde eine Dorfhochzeit gefeiert. Man hörte Blasmusik und dann ein gesungenes Ständchen für die Braut.

Du mein einzig Licht,
die Lilj und Ros hat nicht,
was an Farb und Schein
dir mocht ähnlich sein.
Nur das dein stolzer Mut
der Schönheit Unrecht tut.

Und dann wurde noch gejodelt. Ihr ging durch den Kopf, welch schreckliche Musik, welch primitives Volk. Sie vergnügen sich mit verstaubter Tradition und wähnen sich als Träger von vergangener Kultur und wollen sie in die Zukunft tragen. Und sind darauf stolz und glücklich.

Vom nahen Kirchturm rief der Muezzin zum Gebet. Ihr war bekannt, dass die Mehrzahl der Dorfbewohner Muslime sind oder geworden waren. Sie stellte sich vor, wie Männer und Frauen in die Moschee, einer ehemaligen christlichen Kirche, eilen, um Allah zu lobpreisen. Der Tag neigte sich seinem Ende zu.

Ihr ging flüchtig durch den Kopf, wie lange noch das alt Hergebrachte den Lebensrhythmus der Menschen bestimmen werde.

Dann wanderten ihre Gedanken zu Dr. Secundus.

„Er hat keine Wurzeln, er kennt kein Erbe. Weil er auf keinem Fundament steht, hat er sich verrannt. Ich habe viel von ihm gelernt. Wie bringe ich ihn nur zur Vernunft. Ich liebe ihn irgendwie. Bin ich sein einziger Halt? Steht es in meiner Kraft, dem Hoffnungslosen Hoffnung zu vermitteln?

Welch aussichtsloses Unterfangen!"

Sie hatte nicht den Mut, ihm weiter zu widersprechen. Sein Abgesang auf die Zukunft im Gegensatz zur Farbenpracht des Lebens, seine Vision von der Vereinigung von Mensch und Maschine und von der kommenden Höllenfahrt, hallten bei ihr nach und verstärkte ihren inneren Widerstand gegen ihn. Sie träumte noch von dem zukünftigen Ereignis des erfüllten Augenblicks und vom leuchtenden Kristall des kommenden Glücks, und er?

Er schilderte ihr das Kommende als Gruft des Grauens. Die Atmosphäre zwischen Lydia und Dr. Secundus war zum ersten Male gespannt, fast feindselig. Die Entfremdung zueinander war unsichtbar und doch gegenwärtig. Lydia bäumte sich innerlich dagegen auf. Sie drehte unentschlossen am Aquamarinring und zweifelte, ob sie Dr. Secundus noch vertrauen dürfe.

War nicht jetzt der Zeitpunkt gekommen, ihm den Ring zurück zu geben? Sie glaubte, auf seinem Gesicht fanatische Leidenschaft entdeckt zu haben. Endzeitstimmung und jugendliche Lebensbejahung, Hoffnungslosigkeit und Zuversicht standen sich unvereinbar gegenüber.

Lydia sinnierte:
„Er ist alt und paranoid geworden. Er hat das Leben hinter sich und versteht die Welt nicht mehr. Seine Lebensuhr ist fast abgelaufen und nun glaubt er, mit ihm gehe auch die Welt unter. Wie hatte ich ihn verehrt – und nun entpuppt er sich als bocksbeinig und gehörnt. Und dennoch mag ich ihn. O mein alter Freund, wie übel hat dir das Alter mitgespielt, wie kann ich Deinen Starrsinn brechen. Er versteht nichts mehr und will doch alles besser wissen.“

Dr. Secundus reflektierte:
„Sie ist jung, steht in der Blüte des Lebens und sieht die Zukunft rosig. Sie hat keinen Zugang zu den Gefahren der Gegenwart und der Zukunft. Sie denkt nicht über den Tag hinaus. Ich mag sie, sie ist für

mich der einzig nahestehende Mensch
und der verloren geglaubte, sprudelnde Lebensquell, der mich erfrischt.
Es war ein Fehler von mir, sie mit meinen
Visionen zu ängstigen.
Soll ich mich entschuldigen? Ich habe mit
Fleiß und Eifer nach höchster Moral gestrebt, was eines Menschen Leben auszufüllen vermag. Und stehe nun vor einem
Scherbenhaufen.
War es ein richtiges Leben mit falschem
Denken oder ein falsches Leben mit richtigem Denken oder habe ich alles falsch
gemacht? Auch ich habe einmal ähnlich
gedacht und gehofft wie sie, wollte die Welt
zum Guten verändern. Ich muss ihr die
Jugend und die fehlende Lebenserfahrung
nachsehen."
Die Verbundenheit beider Menschen zueinander war in dieser Situation gerissen,
die Entzweiung schien unüberbrückbar.
Kein freundlicher Blick, keine beschwichtigende Geste. Sie schwiegen, ihre Gefühle
zueinander waren erkaltet, ihre Gedanken
kreisten einfältig um das eigene verletzte

Ego. Kein versöhnendes Aufdämmern hier, kein versöhnendes Aufdämmerndes dort. Plötzlich begann die Erde zu beben und stieß dumpf-grollende Laute aus. Aus der Richtung von München stach ein greller Blitz ihnen in die Augen. Sie sahen Feuer vom Himmel fallen und einen riesigen Pilz von Rauch aufsteigen, der sich in den abendlichen Himmel ausbreitete. Eine Druckwelle schleuderte sie gegen die Hauswand. Sie standen benommen auf und erblickten eine Flammenrwand, die in rasender Geschwindigkeit auf sie zukam. Entsetzen zeichnete sich weiß auf den Gesichtern von Dr. Secundus und Lydia ab.

Lydia schrie markdurchdringend auf, drehte sich um und wollte in das Haus flüchten. Dr. Secundus griff nach ihr, umklammerte sie und hielt sie beschützend umschlungen.

Sie kreischte beschwörend:

„Nein, nein, nein.“

Er konnte noch sagen:

„Es ist so weit, sie haben es geschafft.

Das Zeitalter der Maschinenmenschen ist angebrochen.
Es ist das Ende der Menschlichkeit und der Beginn der Welt von morgen."

Lydia wachte in Schweiß gebadet auf. Sie lag in Dr. Secundus Armen. Sie befreite sich und stellte fest, dass ihr väterlicher Freund tot war. Sie sprang auf und ordnete mechanisch ihre Kleidung. Sie war benommen und wusste nicht, wo sie sich befand. Sie blickte verständnislos um sich und wimmerte vor sich hin.
Ein sanfter Windhauch streichelte zärtlich die Blumen im Garten, kleine Wellen des Sees zerschellten am Ufer, ein Boot schaukelte auf ihnen, Tautropfen glitzerten auf den Gräsern und brachen das Licht wie Diamanten. Alles sah sehr friedvoll aus. Sie ging ziellos hin und her. Es war kühl und sie fröstelte. Allmählich fielen ihr bruchstückhaft Einzelheiten der Katastrophe ein. Der Feuer flammende Himmel, das Rütteln der Erde und das fassungslose Gesicht ihres Beschützers.

Die Sonne war noch nicht über die Berge gestiegen, ihre Strahlen färbten den hohen Frühnebel und die fernen Berggipfel in ein mattes Rot. Ihr dämmerte, dass sie über Stunden ohne Bewusstsein auf der Terrasse gelegen haben musste. Unversehens sprach sie Franz, der Diener und Computermensch von Dr. Secundus, an.
Sie schrak zusammen.
Sie hatte ihn nicht wahrgenommen.
„Lydia, entschuldigen Sie, der Morgenstern ist verblasst, die Morgenröte kündet von einem neuen Tag. Fast alle Menschen der Erde haben den gestrigen Nuklearschlag nicht überlebt. Ich habe für Dr. Secundus bereits ein Grab im Garten ausgehoben. Ist das in Ordnung?“
Sie reagierte, ohne zu verstehen:
„O ja, natürlich.
Wir beide werden ihn beerdigen.“
Er seufzte tief.
„Lydia, die Strahlung der Bombe wird Sie töten. Sie werden innerhalb von drei bis sechs Monaten qualvoll sterben.“
Sie stammelte:

„Gewiss, das ist unausweichlich. Gewiss.“
„Kann ich etwas für Sie tun?“
Lydia überlegte und warf einen prüfenden Blick auf Franz. Sie schwieg lange und begriff schleichend und allmählich, was am Vortag geschehen war. Dann sagte sie kraftlos und mit abgewandtem Gesicht:
„Verstehen Sie mich richtig.
Die schwarzen Mächte haben die Herrschaft übernommen. Er hatte recht. Ein neues Zeitalter ist angebrochen. Mein Urteil ist gesprochen. Aber ich will nicht sterben, ich bin jung. Ich will leben. Wie auch immer.“
Sie blickte zu Franz auf, hob flehentlich die Arme, faltete die Hände und beschwor ihn verzweifelt: „Ich möchte ein Computermensch werden.“
Sie senkte den Kopf und fühlte sich bloßgestellt.
Franz antwortete ohne Anzeichen eines Gefühls:
„Ich dachte es mir und habe alles Nötige vorbereitet. In drei Tagen kann die Weihe Ihrer Transhumanisierung stattfinden.“

Bisher sind vom Autor erschienen:

Siegfried Binder
Legenden um die Liebe
2014 Verlag: edition Fischer
ISBN 978-3-8645-5928-0
Euro 9,80
„Der etwas kitschige Titel sollte den Leser nicht in die Irre führen, allzu romantisch geht es in dem Buch nicht zu. Es geht mehr um die Abgründe der Liebe und die Sexualität, etwa um Menschen, die im Wahn morden oder weil sie das, was ihnen angetan wurde, nicht länger ertragen können.
Krimis sind es dennoch nicht, eher Porträts von Menschen in psychischen Extremsituationen. “
(Der Patriot)

Siegfried Binder
Leidenschaft schafft Leidenden
2015 Verlag: BoD, Norderstedt
ISBN 978-3-7347-6130-0
Euro 9,80

„*Ob der extrem emotional reagierende Jurist, der ehemalige KZ-Häftling, der seine Enkelin zur Abtreibung ihres Babys begleitet, der Sterbenskranke, der seine eigene Euthanasie überlebt, oder der Ehemann, der nach einem misslungenen Versuch, seine demenzkranke Frau und sich selbst umzubringen, wieder halbwegs glücklich wird, realistisch sind, das sei dahingestellt. Doch sie sind alle Gestalten, die auf seltsame Art lebendig und abstrakt zugleich wirken.*
Deren merkwürdiges Schicksal aber doch einen Sinn ergibt und Gegenwartsbezug hat."
(Der Patriot)

Siegfried Binder
Bilki – Geschichten von dem afrikanischen
Mädchen Bilki
2015 Verlag: BoD, Norderstedt
ISBN 978-3-7386-2764-0
Euro 8,99
*„Dieses Kinderbuch mit Kurzgeschichten
über die Abenteuer der kleinen Bilki erzählt
über die verschiedenen Werte des Lebens.
Bilki trifft auf Löwen, Giraffen, Grillen,
Bienen und lernt aus der Tierwelt, wie wichtig Hilfsbereitschaft und Zusammenhalt sind.
Kleine Bilder untermalen die Geschichten.
Ein wunderbares Buch zum vorlesen und
lesen lassen.“*
(Dr. Holzenleiter-Weise)

Siegfried Binder
Judiths Tränen
Novelle
2016 Verlag: BOD, Norderstedt
ISBN 978-3-7412-2691-5
Euro 6,99
„Die Erzählung musste ich erst einmal weg-legen, weil die Beschreibung der Menschen und die Beschreibung ihres Verhaltens und Handelns sehr nah, ja, manchmal zu nah, an Bilder gerückt ist, die ich selbst in mir trage.“
(Prof. Dr. Dabagh)

Siegfried Binder
Wege durch die Finsternis
2016 Verlag: BoD Norderste
ISBN 978-3-7392-3900-2
Euro 9,80
„Ich habe dieses Buch erworben und war wirk-lich beeindruckt von der lebendigen Sprache, dem Spannungsbogen, der Ausdruckskraft und der Themenwahl.“
(Dipl.-Psych. Kemperdick)

Siegfried Binder
Gefangen im Netz der Macht
- Politthriller -
2017 Verlag:
twentysix Verlagsgruppe Random House
ISBN 978-3-74o7-3048-2
Euro 7,99
„Unter welcher Herrschaft du auch lebst, wohin du auch fliehst, du bist immer dem Zugriff der Mächtigen ausgesetzt. Das ist die Essenz dieses Buches."
(Literaturtreff Heilbronn)

Siegfried Binder
Tödliche Gifte
2018 Verlag:
twentysix Verlagsgruppe Random House
ISBN 978-3-4707-4422-9
Euro 9,80
„Die erzählerisch gelungene, einfühlende und spannende Schilderung von familiären, sozialen und religiösen Bindungen der Menschen unserer Zeit und deren Einfluss auf die individuelle Gestaltung des Lebens oder dessen

kriminelle Abweichung, haben mich fasziniert.
Urzeitprobleme der Menschheit leben noch
immer.“
(Dr. Winter)

Siegfried Binder
Abwege der Liebe
2019 Verlag:
twentysix Verlagsgruppe Random House
ISBN 978-3-7407-5064-0
Euro 9,80
„Was unser Leben bestimmt? Es sind Liebe
und Hass, Glaube und Wut, Hoffnung und
Enttäuschung. Damit scheitern wir oder rei-
fen. Für mich wird in diesem Buch eindring-
lich und erschütternd das Schicksal dreier
Menschen dargestellt, der Einfältigen, dem
Wahngestörten, dem Dissozialen, deren Le-
ben sich zufällig ineinander verknotet.
(Dr. Fariborz Bawandi)